居酒屋の親父

杉山 実
sugiyama minoru

ブックウェイ

あらすじ

関西の田舎町に住む、富田豊は嫁絹子と一人息子の隆史と幸せな生活を送っていたが、高校生の時に突然発病した隆史の難病の為、家族は離ればなれの生活を余儀なくされる。

やがて一人の生活に成った親子、東京に住む息子の将来を心配する豊、豊の楽しみは毎晩のお酒だった。

妻絹子は看病の心労で他界して寂しい豊、東京から田舎町に人探しに来る老舗和菓子屋の娘、静香に興味を持った。

誰もが認める超美人、静香は豊、隆史に興味を抱く、哀れみはやがて愛情へと変化してゆくのだった。

父と息子を同時に愛してしまう静香の葛藤、行政の不備に苦しむ家族を軸に物語は進みます。

※難病指定が最近少し緩和されている様です。
主人公が病気に成ったのが、この物語では二〇一四年より約十年前の設定に成っています。

主な登場人物

富田隆史……難病に苦しむ男
　豊……酒が唯一の楽しみの父
　絹子……看病に疲れて亡くなった母
伊藤静香……日本橋老舗和菓子屋、雨月の美人
　照子……静香の姉
　三郎……雨月の社長、父
　照代……デパートの経営、母
山岡貴子……居酒屋田山のパート
田山　繁……居酒屋田山の店主
　好子……繁の妻

居酒屋の親父　◎目次

第一話　美人の来店

その居酒屋は、小さな町の薄暗い路地にぽつんとあった。

古ぼけた長屋の一角に店を構えているのだ。

昔は長屋にも何軒かの店が在り、反対側の路地にも、数件のスナックとか焼き肉店、おでんや、ピンクサロン、立ち飲み屋とかが所狭しと、並んでそれなりの歓楽街に成っていた。

その昔はもっと繁盛していたらしく、芸者の見番が在ったのだ。

そうなると今の衰退は目を覆うばかりである。

その中で一軒頑張っている居酒屋が（田山）屋号が名前で田山繁、繁とは名前だけで実際は禿頭の親父なのである。

年齢は七十歳手前で、居酒屋を始めて約四十五年が経過したと、最近では自慢なのか、疲れなのかよく口癖になってきた。

常連客数十人が主な客で、時々一見客が来る程度、場所が薄暗く女性客なら一人では絶対に来ないであろうと思われたが、その春の夜は違っていた。

ベージュのスプリングコートを着て、古ぼけた格子戸を開けて綺麗な女性が入って来たのだ。

「いら……」で繁の声が止まった。

その姿は余りにも綺麗だったから、最初に見た繁が見とれていたのだ。

その日は繁の他には妻の好子と、バイトの高校生美鈴の三人に、常連客の山本、坂田、間野、六人の顔が一斉に戸口の方を向いたのだった。

正に掃きだめに鶴だったのである。

バイトの美鈴がいち早く我に返って「いらっしゃいませ」大きな声をあげた。

「待ち合わせですか？」と妻の好子が言うと女は「いいえ」と言う。

繁も我に返って、待っていましたとばかりに「こちらにどうぞ」と隅のカウンターを指さした。

店はL字型のカウンター席と奥に四人掛けのテーブル席が五つ、座敷のテーブルが五台、昔は二階にも座敷があり繁盛期には二階も満員に成ったのだが、最近は使っていなかった。

妻の好子は繁にとっては三人目の妻で、繁とは三十歳の年も開きがあるのだが、夫婦とは不思議なもので、長く一緒に生活していると、年の差を感じなく成るものである。

その綺麗な女性はコートを脱いで、隣の椅子に綺麗にたたんで置いた。

コートを脱ぐとピンクのブラウスに薄緑のスカート姿で腰掛けた。

コートを脱ぐと一層店内が明るくなった様に感じる程だった。

繁は「此処誰かの紹介ですか？」と気になって尋ねた。

「いいえ、以前付き合っていた男性から、この店の事を聞いた事がありまして」と微笑みながら答えた。

「どなたですか？」と繁が尋ねる。

「岡田さんって云うのですが？　最近は来られませんか？」と上品に尋ねる。

繁はしばし考えながら「岡田さんって常連さんは居ませんね」と答えた。

普段の繁とは明らかに違う喋り方で、そして好子にも「岡田さんって知らないよ、なあ」と聞いて、同じ様に三人の常連客に尋ねたが皆首を振った。

「よく、来ている様な話をしていましたから」と言いながら女はウーロン茶を注文した。

「知らないよな」と常連客の三人は口々に言った。

調理場から好子が「どんな感じの方ですか？」と女に尋ねた。

それを繁が通訳する様に、同じ事を聞いていた。

会話がしたい繁なのだ。

女はおでんも注文して「年齢は四十五歳位で身体はがっちりしていますね、背は百七十五位だと思います？」と女は丁寧で優しく上品に答えた。

「写真でもあれば判るのだけどね」と又調理場から好子がそう言いながら出て来た。

「がっちりした、四十五歳位の人って、そんな客いないのでは？」と好子が繁に尋ねる様に話した。

女は親戚の電話番号と名前をメモして、もし岡田さんが来たら連絡を下さいと言った。

白い細い指先に見とれる繁なのだ。

女の名前は伊藤静香と名乗った。

伊藤静香は今日、東京からやって来たのだ。

その岡田と云う男性とは、三ヵ月程前に別れたのだが、何か意味有りげな様子なのだ。

しばらくして静香はメモを残して、二、三日は神戸の叔母の家に泊まりますと言って、もし岡田さんが判れば来ると言って店を後にした。


静香が出て行ってから、客も繁も皆揃って「綺麗な人だったね」と言う。

「そうそう、今までこの店に来た女性で最高だったよ」と又口々に言い出したのだ。

「見とれて、喋れなかったよ」と繁が言うと「ほんと、お父さんが女性に緊張して喋るのを初めて見たわ」と好子が笑った。

「岡田は偽名だな、此処の店に東京から来るのに間違えないだろう」

と繁が言うと「そうよね、誰かが偽名であの美人と付き合っていたのね」好子が誰だろう？

そんな感じで言う。

「東京に行く誰かだな」常連の坂田が言った時、そこに常連客の富田豊が入って来た。

「いらっしゃい」と繁が言う。富田が座ると同時に「おまえか？」と繁が富田の顔をのぞき込んだ。

「何が？」と富田が驚いた様に言うと「違うな、違う、絶対に違う」と何度も言った。

「何の話？」富田が変な顔をして尋ねた。

富田は月に一度東京に仕事で行くから疑ったのだが、あの美人と富田が？　信じられなかったので、そう言ったのだ。

説明を受けて、「そんな美人なら、僕かも知れない」とみんなを笑わせた。

「此処の客で定期的に東京に行く人って、富田さん以外いないよね」好子が言うと「以前来ていて、最近来てない人は？」とバイトの美鈴が言った。

「その事考えてなかったな」と坂田が言って、常連客と三人の話は盛り上がった。

しばらくして五〜六人の団体が入って来て話が途切れて、三人は忙しく注文の料理を作って運んだ。

常連客も話しに飽きたのか、時間が来たのか、富田を残して帰って行った。

団体客の注文が一段落して、富田の側に繁がやって来て「自分が来る前に、凄い、綺麗な女性が来たのだよ、見なくて損したね」と微笑む。

「へー、そんなに美人？・」と驚きで言う宮田。

「女優だね」と繁が言う。

「女優も色々だけれど？・」と富田が笑う。

「細いのに、有るところは有ると云った感じだったな、肌の色は透き通る白さ、あの様な女を一度抱いてみたい」と繁が言うと「見る処は見ているのね」と調理場の中から好子が言った。

「細身でスタイルも良いなら最高じゃないですか？・」富田が言うと、そこに近所のスナックママ馬場幸子が入って来た。

店の開店前に此処で少し食べて飲んで行くのだ。

時々此処の常連客も誘われて店に行く事も有るのだった。

「富田さん、こんばんは」と富田を見て幸子が挨拶をした。

「ああ、こんばんは」と挨拶をする。

幸子は四十五歳位で隣のスナックビルに店を構えて、従業員を雇わないで一人で経営しているのだ。

客の扱いが上手で何人かの常連の顧客を上手に廻していた。

「今、女優さんみたいな、女性が来たらしいよ」と教える富田。

「私より、綺麗の？」幸子がそう言ったので、三人が大笑いをした。

好子がカウンターの中から「それ、本当よ、美人さんよ、この辺りでは絶対にいない感じよ」と微笑みながら教える。

「飲みに来た訳ないでしょう？」と幸子が尋ねた。

「そう、人捜しよ」

「誰を？」

「岡田って四十五歳位のがっちりした男性だって」

幸子はしばらく考えて「私の知っている岡田さんは七十だしなあ」と笑う。

「息子とか？」

「いや、子供は女の子だったわよ」

「該当者無しだね」

そこへ常連客の駅前で煙草とかを売っている深山治が入って来て「いらっしゃい」と美鈴が言うと「どうも、繁、少し前に凄い美人此処に来なかったか？」と尋ねる。

同級生だから、気安く呼ぶのだが「来たよ、何故知っているのだ、治が」と逆に尋ねた。

「此処の場所聞かれたのだよ」

「美人だったな、二十七、八だろうな」と答える繁。

「もう一カ所、居酒屋、誠の場所も聞いたけどな」

「じゃあ、此処の後、誠に行ったのかも」

「富田さん偵察に行ったら」好子が言う。

「冗談でしょう、もう居ませんよ」と笑って言う。

幸子が「富田さん、今夜は今から、私の店に行きます」と嬉しそうに誘う様に言う。

「そんな事、言っていませんよ」と慌てて否定する。

「行きましょう」と誘う幸子。

生ビールを一杯飲んだだけなのに酔った感じの幸子だった。

（田山）の前に一軒行ってから来ていたのだ。

今夜の最初の客を富田に決めた様だ。

しばらくして時間に成ったので、幸子は富田を引っ張って店を出て行った。

富田豊五十二歳サラリーマンで細身、今夜も捕まったかと思いながら、適当に帰ろう、別に帰っても誰も待ってないのだが、三年前に妻とは死に別れして、寂しい独身生活を送っていた。

子供が一人、東京の大学に行ってから、そのまま就職して、マンション暮らしをしている。

東京出張の時には時々マンションに行くのが今の富田の楽しみだった。

幸子と富田が階段をよたよたと上がると、店の前に綺麗な女性が立っているのが見えた。

「お客さん、待っていますよ」富田が言うと、聞こえたのか女性が階段の方を向いて会釈をした。

その姿を見て「……」「……」

二人は鳩が豆鉄砲を食らった顔に成っていた。

第二話　妊娠

「誰？」

「知らない」

富田と幸子はお互い顔を見合わせて言った。

細身でスタイルの良いスプリングコートの女性が店の前に立っていた。

スナックの名前は（かすみ）本人は花の名前の気持ちで名付けたが、客達は店がかすむよと茶化すのだった。

幸子は百五十六センチ、少々太め、その幸子が、その女性に近づくと小さく見えた。

「直ぐに、開けますので」と幸子は遠慮がちに店を開けて、電気を灯した。

「お待たせしました？　すみません」と女性に謝る幸子。

「いえ、開店時間聞いていましたから、今来た処ですよ」と微笑みながら言った。

コートを脱いで六席ある止まり木の端から二番目に腰掛けた。

富田はひとつ離れて腰掛ける。

この女性は？　富田も幸子も同じ事を考えていた。

綺麗、素晴らしいスタイルの人だと思って、先程田山で話していた人では？　富田は幸子に目で合図をした。

幸子もそうだと目で返事をするのだった。

「飲み物何にしましょう？」

「そうですね、ジュースもお茶も飲み過ぎたから、ビール貰いますわ」静香が微笑みながら言う。

「富田さんは、焼酎ね」と微笑みながら尋ねる。

「は……い」富田の緊張が声に成っていた。

付き出しを出して落ち着くのを待って「私、伊藤静香と申しまして、東京から初めて来たのですが、岡田さんと言う人を探しているのです」と話した。

「先程、私達も（田山）に居たのですよ、それで伊藤さんの事を聞いていたのですよ」と幸子が言い富田が「私達も知らないのですよ、名前と体格だけでは、他に何か有りませんか？」と微笑みながら尋ねた。

「富田さん、東京にも行かれますし、あのお店長い常連さんですよ」と幸子が言う。

「どうしても、岡田さんを探さないと駄目なのです、でも私が知っているのが偽名かも知れませんね」と静香が困惑顔に成った。

静香は少しビールを飲むと頬が赤くなって、益々美人に見えた。

その顔を見た富田の酒のピッチが上がった。

「その、岡田さんですが、何故東京から、この田舎町に来られていたのですか？」富田が聞くと
「岡田さん、日本各地を仕事で廻られている様なのです」と答える静香。

「それで、この田舎に」と富田が尋ねる。

「この店の名前も出た訳ですね」幸子が尋ねた時、扉が開いて二人の常連客が入って来た。

「増田さん、真理さんいらっしゃい」そう言いながら「富田さんひとつ詰めて貰える」富田は静香の隣に寄った。

富田が「すみません」と自然と言葉が出ていた。

増田は店の従業員の女性を連れて飲みに来ていた。

年齢は六十歳、真理さんと呼ばれた女はまだ三十二、三では？

富田は嫌な不安を感じていた。

この増田は女に目が無く、自分の好みならトコトン押しまくって物にするのだった。

静香をチラと見た目は明らかに興味を持った感じだった。

「私も（田山）さん、長いので殆どの客は知っていますよ、一見さん以外はね」と富田が話す。

「そうなのですね、それでは私の話を聞いて何か判れば教えて下さい」静香は富田の言葉に希望を感じた。

すると早くも増田が「人捜しですか？」そう言って口を挟んだ。

すると幸子が「岡田さんって方、探してらっしゃるのよ、東京からいらっしゃって」と説明をした。

増田がしばらく考えて「岡田さんね、知っているかも」と言った。

「えー、本当なのですか？」と驚く様に言う静香。

「確かに、知っている男、岡田って言っていた」と思い出した様に言う増田。

「何処の方ですか？　近くですか？」と静香が身を乗り出して言う。

幸子は嘘言っているよ、今まで何度かそう云う事が有ったので判ったのだ。

幸子はまた病気だと思っていた。

静香の綺麗は飛び抜けていたから、増田に我慢が出来る訳が無かった。

「いや、まだ確信がないので、明日確かめてから、連絡しますよ」と増田は言う。

静香が「お願いします」とメモに書いて増田に渡した。

「受け取った増田が、携帯じゃないのですか？」と不思議そうに尋ねる。

「はい、持って無いのです、すみません」と会釈をする感じで微笑む静香を見て、増田が綺麗と云う顔をして「えー、今時珍しいですね」と言う。

「親戚の自宅の番号ですから、連絡頂ければ連絡しますわ」と微笑む。

「じゃあ、私の番号書きます」そう言って増田はメモに自分の携帯番号を書いて渡した。

富田が携帯の画面に、場所変えませんか？　話が出来ませんから、と入力して静香に見せた。

静香は微笑んで指でＯＫをしたのだった。

二人はまた（田山）に戻ろうと店の前まで来たが、客が多くて五月蝿いので、近くのビルのスナックに行く事にして「此処なら、静かですよ」そう言いながら案内した。

初めて会った富田豊に静香が何故？　着いて行ったのか、それは後日判るのだが、富田には、先程会ったのに不思議な感じがしていた。

　そこは七十歳位の初老の女性が一人で細々と営業していて、昼間は同世代の憩いの場としてカラオケ等で賑わっている。

夜にも昼間の元気なお爺ちゃんがやって来て、元気な歌声を聞かせる事もあるのだが、今夜は幸い歌い声がしなかった。

「富田さん、いらっしゃい」と通称さつきさんと呼ぶのだが、店の名前も（五月）何でも生まれ月がそのまま、愛称と屋号に成ってしまった様だ。

「わー、凄い美人さん連れてどうしたの、富田さんの女性連れって初めてね」と笑うように言った。

「こんばんは」静香が軽く会釈をして、コートを脱いでたたもうとしたら「後ろのハンガー使って下さい」とさつきが言う。

「伊藤さん何飲みます?」豊が尋ねると「ビールで」と答える静香。

「飲めるのですね」と笑顔の富田。

「多少は」そう言いながら微笑んだ。

「此処のママもこの界隈の生き字引の様な人だからね、役にたつかも?」

「そうなのですね」

おしぼりを出して、ビールの栓を抜きながら「何の話なの?」と尋ねるママ。

「伊藤さんって、云うのだけれど、岡田さんって四十五歳位の男性探して東京からいらっしゃったのですよ」

「えー、東京から、それは大変ですね」

「はい」と言いながら静香が頭を下げた。

「富田さんとはどの様な関係?」そう聞かれて豊も静香も顔を見合わせて「先程お会いしたのです」同時に同じ事を言ったので笑ってしまった。

（かすみ）で偶然会った事を話して「常連の客が女性連れで来たので此処に、引っ越しました」と笑顔で言う。

「判った、富田さん正解だよ、有名人だろう、そのアベック」とママは判ったらしい。

「はい、そりゃあ、こんな美人見せたら危険よね」とビールを注ぎながら言う。

「えーあの方有名人なのですか?」静香が怪訝な顔で聞いた。

「そうよ、自分の好みの女性は落とすまで頑張るのよ」ママが笑いながら教える。

「伊藤さんに話しかけて来たから、私も場所を変えたのですよ、ママも合図したしね」富田が言うと「私も、岡田さんの事、知っているって、おっしゃったので、調子いい人かなって」と微笑む静香。

「でも、今時珍しいですね、携帯持ってないのは?」と尋ねる富田。

「いえ、持っていますわ」そう言いながらバックからスマホを出して見せた。

「じゃあ、何故?」と尋ねる富田。

「私、信用出来る方にだけ、番号とか、アドレス教える事にしていますから」と静香が言うと、さつきが「こんな、美人さんだと、教えていたら携帯パンクするわよ」そう言ったので三人共笑った。

僕も持っているけどスマホ使いこなせなくてと、カウンターに置いた。

すると「私の番号とアドレス登録しても良いですか？」と静香が言ったので、富田は驚いて「そんなの、教えて貰って良いのですか？」言いながら白髪の交じった頭をかいた。

「お借りしますね」そう言って、静香が素早く富田の携帯に打ち込んだのだ。

「登録されているか、見せてね」そう言って静香がアドレス帳を見て「富田さん、このアドレスの金子さんってどんな方？」と聞いた。

その時二人の客が入って来たが、お爺さんと呼ぶ歳の客だった。

「いらっしゃい」とママが笑顔で相手に行った。

富田はしばらく考えて「随分前に登録した人の様だけれど、どうかしたのですか？」

「この方の名前が岡田さんと同じかも？」

「でも一樹って名前沢山有りそうですよ」

「ですよね、でも富田さん、この辺りとか限定すれば、一樹って少ないのでは？」と静香が話す。

「そうですね、待って下さい、思い出しますね」

ビールの泡が殆ど消えて、美味しくなくなったのを一気に飲み干した。

待ち受け画面に戻ったスマホを見て「どなたなの、可愛い方は？」と尋ねた。

その画面には可愛い男の子の写真が、笑いながら手を振っていた。

「子供ですよ」

「小さい子供さんですね」

「昔の写真ですよ、今は東京に一人で住んでいます」

「何処にいらっしゃるのですか？」

「目黒のワンルームマンションです」

「私も目黒なのですよ」と驚いた顔に成った静香。

「ようやく大学卒業しましてね、昨年から就職してくれました」

「二十三歳ですね」

「いや、もう二十六歳ですよ」

「私より二歳上ですね」

「女性の方に失礼だと思いましたが、もう少し上かと」と恐縮気味に言った。

静香は「よく言われます」と微笑んだ。

「別嬪さん歌わないの？」とお爺さんが声をかけてきた。

「ごめんなさい、酔っ払っているので」とママが二人に謝った。

「今、思いだそうとしているのですが？　何故岡田さんを探されているのですか？」と富田豊は尋ねた。

「実は岡田さんの子供が宿ったのです」そう言ってビールを静香も飲み干した。

富田は妊娠しているのに、お酒飲んじゃ駄目のでは、と思ったが空のグラスにビールを注いだのだ。

第三話　勘違い

富田豊は思った！　そうだったのだ。

岡田と云う男と静香は恋愛していて捨てられたのだ。

気が付くと妊娠していたので改めて探しているのだ。

子供が出来たから、また岡田が戻って来てくれる事を願って探しているのだ。

子供の為だからな、富田はその様に考えていた。

静香が「もう、生む気持ちなので、早く探したいのです」と力を込めて言う。

あれ？　伊藤さん酔ってきたのかな？　と見ていると、またビールを一気に飲んでしまった。

こんなに飲んで大丈夫かな？

「馬鹿ですよね、名前も、住所も判らない人の子供を」今度は少し涙目に成って言う。

こりゃ困った。

美人の酔っ払いは、泣き上戸かな？

「男は酔うと、スケベーに成るって、本当ですか？」静香が突然言う。

「まあ、理性が無くなるから、そうなるかも、知れませんね」と答える。

「富田さんも、ですか？」

そう言われて伊藤さんの様な美人なら、何にでも成りそうです、と思っていた。

不意に「金子さん、思い出しました」と富田が急に思い出していた。

「凄くお酒の好きな人だった」と話す富田。

「岡田さんも凄く飲んで、ハシゴで先程の（かすみ）にもよく行っていた、様ですわ」と身を乗り出すように話す静香。

「確か、建設か？　それに近い仕事だったかな？」

「違うわ？　鉄鋼関係だった様に聞きました」と静香が言う。

「少し前ですね、このスマホに変更する以前の事ですからね」

「でも、似ていますね、体格なんて覚えていませんか?」そう言いながら静香は腕時計を見た。

「確か、がっちりした人でしたよ、古い携帯にメールの記録有るかも知れません」

「そうですか? 一度見てみて下さい、何か判りましたら、連絡下さい、時間が遅く成りましたので失礼しなければ、叔母が心配しますので」と言うと、静香が財布を出したので「良いですよ、私が」そう言って制止した。

「では、ここで失礼します」とお辞儀をして出て行った。

富田は一緒に駅迄送りたい衝動を抑えるのに必死だった。

妊婦さんが沢山飲んで大丈夫かな? 帰って古い携帯見てみよう、写真も有るかも? その後富田は一曲歌って店を出た。

(田山)に寄って茶漬けでも食べるか、家は誰も居ないしね、そう考えると寂しさが込み上げてくるのだった。

静香がホームで電車を待っていると、「先程、お会いしましたね」と小太りの白髪交じりの男が近づいて来た。

「あっ」と驚いて軽く会釈をした静香。

その男は増田金造だった。

本屋を六店舗経営していて、自宅は舞子に在るのだが、もっぱら夜はこの町迄来るのだ。

遅い日はタクシーで帰る事も度々、もう孫も何人か居たのだが、女遊びが好きなのだ。

なるべく自宅から遠い店を選んで夕方来るのだった。

電車が入って来たので二人は乗ったが、遅い時間なので空いていた。

四人掛けの席に二人で座らなければ成らなかった。

「伊藤です、よろしく」と挨拶をすると「私は増田金造と言いまして、この沿線に六店舗の本屋を経営しています」聞いてもいないのに、自慢げに話すのだった。

「岡田さんの事、思い出したよ」静香の気を引こうと言う。

「そうなのですか？　どんな方？」

「背が高くて、細身の男ですよ」

静香は増田が嘘を話していると判っていたが「私の探している人では、無い様です」と答えた。

「そうですか、残念、他にもいたかな？」と考え込んだので、静香は眠る振りをして目を閉じたのだった。

しばらくして「もう一人いた」と叫んだので目を開けると「小太りの三十歳の男知っています

よ」そう言った。

「違いますね」と言うと電車が明石に到着して、増田は名残惜しそうに乗り換えた。

今度は静香が本当に眠ってしまう、疲れていたのと、少し酔ったからだ。


その頃（田山）で富田はお茶漬けを食べていた。

時間は十一時前に成っていて、客は誰も居なくて好子と繁の二人だった。

富田は（かすみ）で伊藤静香に会った事を話した。

美人だった事を話すと繁が「別嬪だっただろう、品もあったし、身体も良かった」と思い出して喋る。

「男は直ぐにスケベーに成るのだから」と好子が嗜めた。

「本当に綺麗な人でしたね、でも大変だったみたいですよ」と富田が言う。

「岡田と云う人と何か?」好子が尋ねる。

「それより、金子さんって覚えていますか?」と富田が尋ねた。

しばらく考えて「鉄鋼関係の?」と二人が声を揃えて言った。

「えー、鉄鋼だったのですか?　私は建設関係の人だと思っていました」驚いた様に言う。

「その金子さんがどうしたの?」好子が聞く。

「名前の一樹が同じだと伊藤さんが云うので、もしかして同一人物？」と富田が話す。

「そうね、体格良かったし、年齢も近いわね」と好子が考えながら言う。

「写真とか連絡先有りますか？」

好子がスマホを探して「もう来ないし、連絡無いから消したみたい」と言う。

「私も古い携帯の時だから、帰って調べますよ」と話す富田。

「熱心だね、美人に気に入られて」と繁が笑いながら言う。

「何言っているのですか？　子供より年下ですよ」

「えー、東京に居る、隆史君だったたな？」繁が尋ねる。

「そうなの、じゃあまだ二十四、五ね」好子が言う。

「いや、二十四ですよ」と答える富田。

「老けて見えたな、あの女の子」繁が言うと「色が白くて、お父さんが言う様に胸も有ったわね」

と微笑む好子。

「だろう、お前の様に全体が大きいのとは違うよ」と笑いながら言う繁。

「失礼な」と怒る好子。

二人の漫才の様な会話を聞きながら、富田は昔を思い出していた。

妻の絹子が元気だった頃はよく喧嘩もしていたな、子供と三人で旅行に行った懐かしい事が蘇って来た。

その時メールが届いた隆史からだった。

（今月来る時に本を持って来て欲しい）と、しかし今月の東京出張は取り止めに成っていた。

しばらくして今度は伊藤静香からメールが届いて、今夜のお礼と手がかりが有ればと書いて有った。

判りましたと返信をすると、富田は自宅に帰っていった。

繁と好子は「寂しそうね」と後ろ姿に言った。

「昔は明るい、楽しい男だったのに、可哀想だよな」と繁達は見送るのだった。


翌日も（田山）は五時開店、開店と同時に常連客の坂田が入って来た。

商店街の薬屋の親父で、繁とは同級生でいつも開店を待ちかねて来るのだ。

ビールを注文して「今日は暑かったな、もうこれからは暑くなる一方だよ」と笑顔で言う。

「いらっしゃい」と言いながら好子がビールを注ぐ。

「昨日はびっくりしたな、あの美人には？」

「そうね、隣にも行ったらしいよ」と指を差した。

「探し回っているのか、余程大事な事だな」

「あの後、富田さんも会って、二人で飲みに行ったらしいよ」

「えー、富田君うまい事したな、カップルか、あんな美人と？」羨ましそうに言う坂田。

その時「こんにちは」とパートの山岡貴子がやって来た。

この（田山）で一番古株のパートで、三十歳後半で小太りだが、可愛いタイプで常連客には人気の存在だった。

準備をしてカウンターに入ると「今日は暑かったね、桜直ぐ咲くね」と言った。

「いや、貴ちゃん、昨日は此処に桜が咲いたのだよ」坂田が言うと「綺麗な人が来たのよ」と好子が教えた。

「えー、今日もじゃない」と微笑みながら言う貴子。

「また、来るの？」と坂田が不思議そうに言った。

「違うわ、前に、ほら」と自分を指さしたので、三人は大笑い。

「貴ちゃんなら、ボケの花だな」坂田が言って、また大笑いに成った。

貴子が「失礼だし、暑いから一杯頂戴」そう言いながら空のグラスを坂田の前に差し出すのだった。

しばらくして「店戸の締まり、しなければ」そう言いながら坂田は帰って行った。

「今日は暇ね」と好子が言う。

「本当ですね、もう直ぐ七時なのに」と貴子も言う。

「富田さんは来ると思うけどね」

そう言っていると格子が開いて、女性が一人入って来た。

貴子が唖然とした顔をしていたら、「いらっしゃい」と好子が言った。

今日は黒のスカートに白のブラウス、手にはバッグと薄いカーディガンを持っていた。

「昨日はどうも、富田さんまだですか?」と静香が尋ねた。

「まだですね」と答える好子。

好子が「カウンターに」と言うと「こちらでも良いですか?」と座敷を指さした。

好子が「良いですよ」と言うと、静香はハイヒールを綺麗に揃えて座敷に座った。

「何か飲まれますか?」と尋ねると「富田さんがいらっしゃってからで」と言う静香。

小声で貴子が「昨日の人?」と尋ねる。

好子が頷くと「綺麗、女優さんやね」と囁くのだった。

しばらくして富田がやって来た。

「いらしゃい、お待ちかねよ」好子が言うと、富田は指でこちらと指した。

頷くと「じゃあ、ビールと、枝豆、冷や奴」そう言いながら手に紙袋を持って座敷に上がっていった。

富田が「お待たせ、今日は暑かったですね」と満面の笑みで挨拶をした。

「そうですね、すみません」と謝る静香。

「いや、こちらこそ、変なお願いしてしまいまして」と富田も謝る。

話の途中で貴子がビールとグラスに枝豆を持って来た。

貴子が去るのを待って「これなのです、この携帯に写真が有ったのですよ」と言いながら電源を入れて写真を出した。

小さいし画像が悪いが、顔は識別出来た。

「これが金子さんなのね」と携帯の画面を見入る静香。

「そうですが？　見覚え有りませんか？」と尋ねる富田。

「これお借り出来ますか？　姉に見せてみます」と静香が言った。

富田は気が抜けた、そして嬉しかった。

子供が宿ったのはお姉さんなのか、とんだ勘違いだったのか、豊は心で苦笑していた。

第四話　美人姉妹

「何が可笑しいの?」静香が豊の微笑む顔を見て言った。

「私は伊藤さんが妊娠していると思っていました」と笑顔で答える豊。

「そうなの、嫌ね、私はそんな失敗はしませんわ」そう言って笑ったら貴子が冷や奴を持って来て「楽しそうですね」と二人の顔を見た。

「お腹減っていませんか?」

「魚が食べたいわ」

「じゃあ、焼き魚二つ下さい」とカウンターに向かって呼びかけた。

豊が紙袋を持って「これなのですがお願い出来ますか?」と頼む。

「良いですよ、近いですから、明日の夜にでも持って行きます」と引き受ける静香。

「お願いします、それから驚かないで下さいね」と豊が変な言葉を付け加えた。

「何を、ですか?」と尋ねる静香。

「いえ、いいのです」と富田は口ごもって、二人は飲んで食べて雑談をした。

その夜、富田豊は持ち物が有ったから駅まで静香を送っていった。

「それじゃ、お願いします」

「お世話に成りました、また携帯お返しに来ます」と笑顔でお辞儀をする静香。

富田は送った後、また（田山）に戻ると「良かったね、楽しそうで」と貴子が冷やかした。

「どんな、話だったの？」好子が聞いた。

「違うのですよ、息子の住んでいるマンションから直ぐ近くに、彼女住んでいるみたいなので、届け物をお願いしたのですよ」

「でも、座敷でコソコソ、話していたよ」と貴子が言った。

「例の金子さんの写真が有ったから、古い携帯差し上げたのですよ」と説明をした豊。

「金子さんの写真なら、沢山有るよ、飲みにも一緒に行ったからね」と貴子が話した。

「貴ちゃんに聞けば良かったね」と微笑む富田豊。

「私、背中の傷まで知っているのに！」と言いだした貴子。

「えー」と大袈裟に驚く豊。

貴子は「冗談よ」と笑って誤魔化したが、好子は昔の事を思い出していた。

夜遅くまで金子は飲んで、貴子にお酒をご馳走して、貴子の帰りに一緒に何度か帰って行った事を、今の話は本当かも？　と思った。

「今日、大将は？」

「忙しかったら、来ると言っていたけど、これではね」

「富田さん、帰ったら駄目だよ」と貴子がビールを強請って、閉店迄飲んで富田は機嫌が良くて、貴子と一緒に帰って行った。

店には結局二人連れが来ただけだった。

貴子は富田の事を悪くは思っていなくて、此処での長い付き合いだった。


翌日の夜、目黒のマンションに紙包みを持って、静香は向かった。

今夜、姉にあの写真を見せて確認しないと、姉が帰るのが八時だから、それまでに届けようとやって来た。

この辺りでは古い三階建ての、ワンルームマンション一階の隅の部屋だった。

チャイムを鳴らす静香の頭には、富田の携帯に在った可愛い子供がいた。

扉が開いて「こんばんは」と言って「こんばんは」と返事が返ってきた。

「これ、お父様から預かって来ましたの」と渡そうとして、静香は背が低くて腰をかがめて、変だなと思った。

携帯の写真の面影は皆無なのだった。

「ありがとう、ございます、父がお世話に、成っている、見たいですすみません」と髭が濃い顔で会釈をした。

「いいえ、私がお世話に成っていますのよ」と笑顔で言う静香。

「むさ苦しい処ですが、コーヒーでもいかがですか？」隆史は静香に上がる様に誘った。

静香が「いいえ、私はこれで」と言いかけると、隆史が貰った紙袋をテーブルの角で当てて、破れて本が散乱してしまった。

それを拾うのに腰を屈めて大変そうなので、静香は「失礼します」と上がって一冊ずつ、揃えたのだった。

「失礼ですけど、身体が、お悪いの？」怪訝な顔の静香が尋ねた。

「はい」と答えた隆史の姿に、静香は思わず聞いてしまったのだ。

テーブルにはコーヒーが二つ並んでいた。

静香は隆史が私の為に用意したのだと思うと、飲まないと悪いと思い「コーヒー好きよ、頂きますわ」と椅子に腰掛けた。

壁の片隅には母親の写真だろう女性の姿が飾って有った。

静香には不思議だった。

健康そうでない隆史が何故、一人で東京に住んでいるのか、それも学生時代から、もう八年住んでいる事に成る。

「失礼な事聞きますが、足が悪いの？」と恐る恐る尋ねた。

「いいえ、腰です、腰から足に負担が来るのです」と答える隆史の言葉は暗い。

「腰ですか？」

「最近少し悪く成っているのです、また治ります」

「良くなったり、悪く成ったりですか？」と不思議そうに尋ねる静香。

「はい」とぶっきら棒に答える。

「どんな、仕事されているの？」静香は気に成って、恐々と聞いた。

隆史は父親から女優さんの様な人が本を持って行くから、丁寧に応対しなさいと言われていた。

隆史はこんな間近で、それも二人きりで、テレビから抜け出た様な美人に、気持ちが高ぶっていた。

「雑誌の編集の仕事です、主治医の先生の紹介で」

「病気長いの？」

「はい、高校の時からです、これでも良くなりました、昔は百メートルが歩けなかったのです」

「それじゃあ随分良くなったのね」

自然と隆史はこの静香には、総て話しても良い様な気がしていた。

理由は判らなかったが、隆史が自分から病気の事を、医者以外の他人に話すのは初めてだった。

高校生の時、急に腰が痛くなって、医者に行っても治らなくて、針、灸と色々な医者を訪ねてようやく、自分が難病で有る事を知らされた事を話し出した。

そして東京以外、この病気が難病の指定に成ってない事、治療費が莫大な事、その為大学も東京にして、高校時代も三年生は殆ど欠席でギリギリお情けの卒業だったから、そんなに良い大学ではないが入学した。

しかし治療しながら、体調が悪いと休む為、出席日数不足で落第、休学の繰り返しで、昨年ようやく卒業出来た事を話した。

主治医の先生も同じ病気なので理解があり、自分も体調の悪い日は診察を休む先生なのだ。

原因不明の膠原病なのだ。

その先生の紹介で今の出版社に就職出来たのだ。

話を聞いていた静香は感情が高まって、いつの間にか涙ぐんでいた。

この男性、隆史さんは青春時代が無かったのね、勿論女性なんて無縁なのだわ、そう思ったら涙が止まらなく成っていた。

静香の様子を見て「すみません、詰まらない話を長々としてしまいまして」と謝る隆史。

涙を拭きながら「いいえ、ありがとうございました、大変ですね、頑張って下さい、近いから時々来ても良いですか？」と尋ねる。

「勿論です、伊藤さんの様な方大歓迎です」隆史は嬉しそうに言った。

しばらくして静香は帰って行った。


綺麗な人だったなあ、隆史は静香の飲んだコーヒーカップの口紅の後を眺めていた。

この部屋に来た二人目の女性だ。

もう一人は母の絹子だった。

東京に住んで隆史の治療と介護、時々実家に帰る二重生活に疲れて、三年前心臓発作で亡くなったのだった。

何も話さず、何も残さずに、母絹子は突然二人の前から消えたのだ。

豊も隆史も一時、何も考えられなかった。

豊は東京に引っ越す事も考えたが、治療費の事を考えると、今の会社を退職は出来なかったのだった。

それからの隆史は身体が動かない時は、床を這い回った事も有った。

何日も何も食べられない事も有った。

それは食料を買いに行けなかったから、その当時に比べると最近は自転車なら乗れるから、相当良く成っていた。

車の免許も一年間を要し取得したのだった。

遠方も行けるが車は持ってないので、時々レンタカーで練習を兼ねて走る事も有った。

その夜、静香は富田の携帯の写真を姉の照子に見せた。

「この人よ、間違いないわ！　一樹さんよ」と答える照子。

「この人、金子って、名乗っていたそうよ」と答える静香。

「いえ、岡田さんよ、間違いない」と言いきる照子。

「じゃあ、どちらの顔が本当なの？」考え込む静香。

「私、また今度は金子さんで調べて来るからね」と元気付ける様に言った。

そして「照子姉さんの為に探すわよ、そのお腹の子供の為にも、多分仕事場も判ると思うわ」

静香は励ます様に言った。

姉、照子はサッカーの応援に行って、岡田と知り合っていた。

そして盛り上がって飲み屋さんへ、色々話して、お酒が弱いから、酔っ払ってそのまま、目覚めたら岡田が横で寝ていた。

その後何度かデートを重ねたが、岡田の転勤でそのままに、関係は泥酔に成った時一度だったのだが、運悪く子供が宿ってしまったのだった。

照子は岡田の事は嫌いではなかった。

しかし、余りにも彼の事を知らなかった。

「また、近いうちに東京で仕事があれば、会いましょう」で別れていた。

岡田に聞いていた携帯の番号は彼が去ってから、繋がらなく成っていた。

その後に妊娠が発覚、手術も考えたが、照子自体身体が弱くて一度堕胎するともう出来ない可能性が高いと医者に言われて、一人でも産むと決めたのだった。

医者に云わせれば照子の身体で、一度のＳＥＸで妊娠は奇跡に近いと、云われていたのだった。


伊藤姉妹は日本橋の老舗の和菓子店（雨月）の美人姉妹として有名で、父親の伊藤三郎も二人の娘を大事に育てていた。

姉の照子は少し身体が弱いので店の経理を担当していた。

妹の静香はもっぱら花嫁修業、母はデパートの店を管理運営している。

照子の妊娠は家族が全員知る事に成ったのは最近で、父親は烈火の如く怒ったが、照子の身体の事を聞いて、諦めて父親探しに成ったのだった。

三郎の落胆は相当大きかった。

老舗の三代目は養子を姉妹のどちらかに迎えて、継承して欲しいから、妹の静香が照子の父親探しの責任を担ったのだった。

第五話　ゴキブリに感謝

翌日、静香は富田に電話で金子さんと岡田さんが同一人物だと説明して、金子さんの事を調べて欲しいとお願いをしていた。

その夜、静香は隆史のマンションに向かっていた。

和菓子を持って、静香がマンションに着いて部屋の明かりを見ると、まだ暗くて帰ってない様だったので、帰ろうとした時部屋の明かりが灯った。

何か、嬉しく成ってチャイムを鳴らした。

隆史の声がして「はい、何方ですか?」と暗い返事。

隆史の家を訪れるのは、集金の人位で誰も来る事は無かった。

友達も少なく、自宅でするのは、会社で残した雑誌の校正とテレビゲーム位で、一日を過ごすのだ。

扉を開けて、外に静香の姿を見てびっくりしたのだ。

もう二度と来ないだろうと思っていたから、あんな美しい女性が自分の様な病気で、しかもチビで腰の曲がった醜いスタイルの男の処に、昨夜に続けて来るとは、例え五百メートル位の距離とは云え、信じられなかった。

昨夜は身なりも父から云われていたから、それなりに整えてはいたが、今夜の隆史はジャージの上下でそれも多少汚れていた。

静香が「こんばんは、また来ちゃった」と微笑んだ。

静香も今夜は簡単な服装だった。

薄い紺のトレーナーの上下で栗色の長目の髪を後ろで束ねていた。

「何か、お忘れ物でも?」信じられない隆史はぶっきらぼうに尋ねた。

「私の実家和菓子屋なの、余り物だけど食べない?」と言いながら箱を差し出した。

「ありがとう、ございます」と言う隆史に「私、お茶淹れるから一緒に食べましょう、一人で食べても美味しくないから」静香は微笑みながら言った。

「日本茶無いです」と答える隆史。

「そうなの、実家の和菓子は日本茶が一番なのよ、表通りのコンビニで買って来ますから、待っていて」そう言うと静香は走って出て行った。

走れるって良いな、後ろ姿を見て隆史は遠い昔を懐かしんでいた。

中学生の時クラス対抗の体育祭で、アンカーを走った事の記憶を、今は遠い夢、走るなんて、夢のまた夢なのだ。

何故静香さんが、また来たのだろう？

昨日の自分の話に哀れみを感じたから来たのだと隆史は結論づけて、ヤカンに水を入れて焜炉に置いた。

しばらくして「只今、コンビニは良い日本茶無いね、今度私が特別良いの、持って来てあげるわ」そう言いながら、いつの間にか、上がり込んで急須を探していた。

母絹子が住んで居た時は、日本茶も飲んでいたから有るのだがと思っていると「有ったわ、一番奥ね、この食器棚も掃除しないと、ほこりが溜まっているわよ、今度掃除してあげるわ」

隆史は静香の言葉に、嘘だろう？　また来るの？　と不思議な眼差しで眺めていた。

静香に「どうしたの？」と反対に聞かれて、目を逸らすのだった。

「さあ、出来たわよ、茶葉が良くないけれど、お茶のセンスは良いから、飲んでみて」と微笑む静香。

「ありがとうございます」隆史はそう言いながら、一口飲んで「あっ、美味しいです」と言った。

静香は微笑みながら「でしょう、次回は特製の茶葉持って来るからね」と話した。

隆史が飲んだお茶は確かに美味しかった。

味もだが、隆史はもう三年以上も日本茶を急須で飲んでなかったから、母絹子を思い出していた。

いつしか涙目に、静香の持って来た和菓子の味も特別美味しい。

「どうしたの？」隆史の涙目を見て静香が不思議そうに言った。

「日本茶久しぶりに飲んだので、懐かしくて」と説明した。

「お母様の写真なの？」と写真を指さす。

「昔、一緒に住んでいました、心臓発作で三年前に亡くなったのです」

「そうだったの」

「日本茶は母が好きで、私も飲んでいましたから、こんなに美味しくなかったけれど」と涙声の隆史。

「思い出したのね」と言う静香ももらい泣きをしていた。

三年前母、絹子はこの部屋で倒れたのだった。

隆史は救急車に隊員に抱えられて、一緒に乗って行く程、当時は足が痛かったのだ。

「暗い話ですみません、普段は、誰にも病気の事も母の事も話さないのに、昨日も今日も伊藤さんに話してしまいました」と隆史は照れくさそうに言った。

「私も、何かお役に立ちたいですわ」

「いえ、話を聞いて貰って、不愉快に成ったでしょう、僕も何故話したのか、後悔しています、余計な心配させてしまって、すみません」

「そんな事、有りませんわ、世の中には大変苦労をして、生きてらっしゃる人も大勢でしょうが、身近に感じます」

静香は世間話をしばらくして帰って行った。

隆史はあの女性伊藤静香さんには、何故か自分の事を包み隠さず話せる事に、ある意味安堵感を抱いていた。

静香も隆史の部屋を出てから、何か助けてあげよう、そう思っていた。

富田豊は今夜も（田山）に来ていた。

静香に頼まれた金子の事を聞く為に来ていた。

今夜は山岡貴子がパートで来る日だったから、客の入りが良く中々貴子の手が空かない。生ビールの三杯もご馳走すれば、自分の知らない金子を知る事が出来ると、待っていたが、今夜に限って増田がやって来た。

「いらっしゃい」貴子が増田を見て嬉しそうに言った。

今夜は無理だな、増田が必ず貴子を連れて飲みに行くから、諦めよう「お勘定、お願いします」と叫んでいた。

「富田さん、早いじゃない」と貴子が言ったが、勘定を済ませて店を出たのだった。

金子がよく行っていた(かすみ)に行ってみるか、先日は岡田で探したから判らなかったけれど、金子なら何か判るかも?

店に入ると「富田さん、こんばんは、この前ごめんね」と幸子がいきなり謝った。

「いや、良いのですよ、彼いたら話せませんからね」

「そうなのよ、あの美人だからあれで正解よ」

「そんなに、凄いの?」と今更ながらに尋ねると「根負けするわるよ」と笑う。

「ママも?」

「それは、内緒よ」

「ところで、金子さんって客、覚えている?」

しばらく考えて「あの筋肉隆々の人？」と思い出しながら尋ねた。

「何で、筋肉まで知っているの？」

「いや、ちょっと」としまったと云った感じに言う。

「あの人、何処に勤めていた？」

「確か大手の鉄鋼会社だったと、思うわよ」

「何処か知っている？　連絡は？」

「最近連絡してないけれど、アドレス帳に有るわよ」

「かけて、聞いてくれる？」

「なんて？」

「勤め先を」

そう言うと幸子は携帯を操作して、「駄目だわ、現在使われていません、って」と答えた。

「やはりね、その金子さんが先日の美人が探していた、岡田さんなのですよ」

「えー、じゃあ、どちらが本名よ？」と驚く幸子。

「それが、判らないのですよ、電話かからないと、打つ手無しですね」富田は困り顔に成ったのだった。

次の日曜日の朝、隆史はまだ眠っていた。

突然チャイムが鳴って、パジャマ姿のまま、扉を開けた。

大きな声で「きゃー」と叫ぶ静香だった。

隆史は慌てて扉を閉めた。

「待っていて下さい」と言うと、布団をたたんで部屋の隅に、パジャマから、ジャージに着替えて改めて扉を開けたのだった。

「伊藤さん、おはようございます」

「起きるの、遅いわね、もう九時ですよ」

「昨夜校正で遅かったのですよ、何でしょう?」

「掃除に来ましたのよ」

ジーンズの上下で帽子を被って、いかにもお掃除スタイルだが、帽子を被ると若く、見えて可愛いのだった。

瞳が大きくて帽子の庇の奥に輝いていた。

「バケツないですか?」

手にタオルと菓子箱、日本茶を持ってテーブルに置いて「掃除終わったら飲みましょう」と嬉しそうに言った。

食器棚からコップや茶碗、皿を次々取り出してテーブルに並べて、「これ、洗うから、シンクに運んで」そう言って隆史に指示をした。

しばらくして静香が「きゃー」と叫ぶと隆史に抱きついた。

隆史には初めての経験だった。

「ゴキブリよ、怖い」と言ってしばらく隆史を掴んで震えた。

「何処に居ますか？」と食器棚の横をのぞき込んで「何も居ませんよ」と言うと初めて、隆史から離れたのだ。

隆史はゴキブリに感謝したい心境に成っていた。

こんな美人に抱きつかれるなんて、生涯初の出来事だったからだ。

「薬無いの？　ゴキブリ退治の」

「有りません、今度買っておきます」

「そうよ、あれは、怖いのよ、一番嫌いなのよ」そう言いながら、恐る恐る食器棚の中を拭くのだ。

冷蔵庫を開けて「ここも、片づけないとね」そう言って、日付を見て「これ賞味期限過ぎているよ、お腹痛くなるわよ」と片付けてゆく。

「冷蔵庫ガラガラに成ったね、昼から暇？　買い物に行きましょう」

「えー、一人だからそんなにいりませんよ」

「大丈夫よ、インスタントばかり食べていたら、身体悪くなるよ」

「充分悪いですが」

「もっと悪く成ります」

「午後から車持って来ますから、一緒に行きましょう」

隆史は自分の体型、歩き方が変なのは、よく知っているから成るべく外には、必要最小限しか出ないのだった。

第六話　美女と野獣

静香は午前中の片付けを終わると、車を持って来ると言って帰って行った。

「昼少し遅く成るけれど待っていて、食事しましょう」と帰る前に隆史に告げた。

一時に成った頃、マンションのチャイムが鳴った。

「お待たせ」そう言った静香は、先程のスタイルとは見違える化粧と服装で現れた。

ベージュの七分袖のブラウスに茶色のタイトのスカート、茶のヒール、首には綺麗なネックレスがキラキラ輝いていた。

栗色の髪はセミロングに梳かせて「お待たせ」隆史がマンションを出ると、目の前にシルバーの高級外車が停まっていた。

「乗って」そう言いながら助手席の扉を開いた。

歩き難そうな身体を、隆史はシートにもたれた。

隆史の足を確認して静香が扉を閉めて、運転席に乗り込んだ。

「凄い、車ですね、初めて乗りました」と驚く隆史。

「そうなの？」と言うと「和食？　洋食？」と尋ねた。

「何でも良いです」と答える隆史。

「じゃあ、和食にしますか」そう言うと静香が車を発進させた。

「去年免許取りましたが、こんな車初めてです」と乗り心地に驚く。

「富田さん免許持っているのね、そうだったのだね」と静香は嬉しそうに言った。

この青年に青春を、そして外の空気を、一杯吸わせてあげたかった。

十六歳から二十六歳迄の人生で一番良い時期を、暗闇の中で過ごしただろう。

もしこの難病の補助が田舎の町でも有れば、この青年はこんなに苦労しないで過ごせただろうし、母親も過労が原因の心臓病で亡くなる事も無かっただろう。

静香の心には、この隆史に明かりを灯してあげようの気持ちに成っていたのだった。

半時間程で料亭に到着、見るからに高級そうな処だ。

「こんな、高そうな処で食事ですか?」と驚きの表情で尋ねる。

「そうよ、お金は心配しないで」と笑顔の静香。

隆史の不安を一掃する静香、治療費と家賃以外は隆史の給料で生活していた。

東京での生活は大変で家賃迄払うと、生活出来なかったのだ。

出版社の仕事も普通の人とは待遇が異なっていた。

体調が悪いと自宅で、治療の日は休むか遅刻、早退、それでも雇って貰えるだけ良かったのだ。

そんな隆史には無縁な料亭、中に入ると「いらっしゃいませ、お嬢さん」と店員が言った。

「こんにちは、ご馳走になります」知り合いの様だった。

「お客様ですか?」と隆史を見て尋ねる店員。

「此処の本日のお任せで、お願いしますわ」そう言って店員の案内する座敷に、行こうとして
「今日はテーブルにするわ」静香は隆史の腰を考えて椅子にした。

やがて料理が運ばれて「昼からこんな料理、食べても良いのですか?」と隆史が目を丸くした。

しばらくして、料理が運ばれる。

熱の無い時、足の痛くない時は食欲も普通なので、久々のご馳走に舌鼓を鳴らしたのだ。

「富田さんって、よく見ると、毛深いですね」と静香が隆史の無精髭を見て言った。

「すみません、朝急に起きたので忘れていました」と顎の辺りを触った。

確かにもみ上げも長く、父豊とは異なると静香は見ていた。

ゆっくりと食事を終わって「じゃあ、買い物に行きましょうか？」

「はい、ごちそうさまでした」と隆史は静香に頭を下げる。

隆史には、それほど美味しかったのだった。

高いだろうなと心の中で思っていた。

静香がカードで支払ったので、金額までは判らなかった。

「すみません、トイレに」と言うと、店員が案内して隆史が小声で「今の食事って幾らなのですか？」と尋ねる。

「八千円です」

「二人で、で、す、か、と」

独り言を言うと店員が「お一人様です」と言われて、隆史はびっくりしながらトイレに入ったのだった。

隆史が車に戻ると静香が助手席のドアを開けて、隆史を座らせた。

「大丈夫ですよ、歩き難そうに見えますが大丈夫ですから、気を使わないで下さい」と隆史が言う。

確かに傍目からは座ったり、立ったりの動作が困難に見えたのだ。

「痛くないのね」

「今は、痛くないです」と答える隆史。

しばらく走ると、車は高級スーパーの駐車場に滑り込んだ。

廻りの車は外車が多く国産車も高級車のオンパレード「ここ、高級でしょう、僕はちょっと」隆史は遠慮がちに話した。

「ここは品質も鮮度も安全性も高いのよ」と静香が言う。

「はい、知っていますが、とても、僕には合いません」

「いいの、身体の悪い人程、気を付けないとね」そう言ってカートを隆史に持たせて、次々とカゴに品物を入れていった。

行き交う人が怪訝な顔で二人を見る。

隆史の歩き方は腰が後ろに引けているから、そして毛深い。

髪は伸びた感じで、まるで美女がペットの動物を連れて買い物に来ているそんな光景だった。

すれ違う子供迄、二人に指を指すのだった。

気にする素振りの隆史に「気にしないで、堂々とすれば、いいのよ」と静香が励ます。

長い人生隠れて生活は出来ない事、悪い事をした訳でもないのに、と静香は隆史に教えたかった。

雑貨から食品まで買い込んで、隆史は自分のカードを出したが「いいの、私が買ったの」そう言って自分のカードで清算したのだった。

隆史は自分の一ヵ月に使う生活費以上の買い物の金額に呆れていた。

車に乗ると「今度一度、ドライブに行かない？」と笑顔で誘った。

「えー、何処に、ですか？」と驚いて聞く。

「そうね、季節が良いから、富士山なんか良いわよ」

「富士山ですか？　行った事ないです」と嬉しそうに言った。

隆史は山には無縁だった。

この身体で富士山は余りにも高い山だった。

遠くから眺める山それが隆史の常識だった。

夢の様な話しだったのだ。

「嬉しそうね」と隆史を見て言う静香。

「富士山は僕の夢の場所ですからね」と微笑む。

「夢なの？」と不思議そうに尋ねる。

「この身体で行けないでしょう、昔は歩けなかったからね」と隆史が話す。

「病名って何なの？」静香が尋ねると、隆史は説明し始めた。

強直性脊椎炎と云う難病でリウマチの一種で、原因が不明、頸部、背部、腰殿部、手足の関節の痛みこわばり、疲労感、熱から始まり各部位が次第に動かなくなる。

慢性の病気で脊椎や関節が強直して変形、前傾姿勢になる。

十代から二十代の男性が発症する確率が女性の数倍多い、全人口に対しては極めて少ないのだった。

隆史の場合は強直が進んでいる様だった。

「原因不明なのね」と尋ねた。

「〇・〇四以下の発症なのですが、僕は当たってしまいました、」と笑ったが静香はとても笑えなかった。

マンションに戻って「待っていて、今夜は私が手料理作るわ、お楽しみにね」と言う静香。

買って来た物を冷蔵庫に片づけて「私の持って来た、日本茶飲んでみる、美味しいわよ」お湯を沸かし始めた。

隆史は静香の一連の行動は私に対する哀れみの気持ちの表れなのだ。

こんな美人でお金持ちのお嬢様が、自分の様な何も取り柄の無い男に好意を持って、接する筈はないと決めていた。

でも隆史も若い男性に変わりはない、時々狭い室内に静香と二人きりだから、抱きしめたい衝動に駆られていた。

静香も同じ様な事を考えていた。

普通女性も男性も高校生前後で、性体験をする機会が多い、隆史さんの場合はどうなのだろう？

発病してからは無理だろう、腰の具合が悪いから絶対無いわね、そう考える静香自身も体験が無かったのだ。

機会は有ったし、言い寄る男性は星の数程有った。

でも殆ど静香が相手にしなかったのだ。

いつの間にか機会が無くなっていた。

自分では骨董品だわ、と思っていた。

数年前からは、好きな人が出来たら身も心も捧げようと決めていた。

残念ながら現れないのだった。

先月誕生日だったから、自分の方が二歳年下だ。

隆史の健康保険が机の上に有ったので、見てしまったのだった。

「さあ、お茶淹れたわ」そう言ってテーブルに置いた。

静香が「良い香りでしょう」と言う、確かに良い香りが隆史の鼻に漂った。

「美味しいですね」一口飲んで言うと「高級品ですからね」と自分も味わって飲むのだった。

隆史は静香が夜迄此処に居るのかな？　と思っていると「それじゃ、一度帰ります、夕方また来ますから」そう言って帰って行った。

冷蔵庫も側の棚も静香の買ってくれた物で一杯に、当分何も買わなくてもいいな、夜は何を作るのだろう？

新婚家庭ってこんなの感じなのかな？　隆史には夢の話なのだが、ふと考える。

母の絹子が「隆史、云い難いのだけれど、もう結婚は無理だと思うからね」と昔二人が此処で寝ていて、しみじみと言った。

隆史は自分が難病で足が動かなかったから、母に言われる迄もなく諦めていたが、多分母は自分に向かって言ったのだろうと考えていた。

諦めきれない母の無念の現れだったのだ。

第七話　この町では健常者

富田隆史は父豊、母絹子の一粒種で、豊も一人っ子で、母絹子には兄が居たがもう亡くなっていた。

今は実家も子供の代に変わって、三年前母の葬儀の時も子供が参列していた。

絹子の兄も心臓が悪く五十代で亡くなって、母絹子は四十代と家系的には心臓に持病が有ったのだ。

豊は一人息子の隆史だけが心配だった。

難病で自分が亡くなれば天涯孤独に成ってしまうから、自分が定年に成ったら自宅を売って、隆史と東京に住むのが一番良いと考えていた。

隆史の病気がなければ、田舎で就職をして、隆史に嫁を貰って家を売ってマンションにでも住んで、自分が年老いたら老人ホームにと成っただろう。

隆史の病気は四十代に成ると悪化しなくなるらしいが、今の出版社以外の就職は中々難しいと豊は考えていた。

夕方六時半に静香は、ジーンズ姿ですき焼き鍋を持ってやって来た。

「今から、伊藤家秘伝のすき焼きを作ります」そう言って鍋とビールを数本持ってやって来た。

隆史の部屋からすき焼きの匂いがするのは、もう三年以上前だった。

「ビールって飲めるの？」と尋ねた。

「生まれて一度も飲んでいません」と答える隆史。

「それって、凄いわね」

静香は上着を脱いでTシャツの半袖に成ってすき焼きを作りだした。

しばらくして「食べてみて、美味しいと思うわよ、ビールも一杯だけ飲んでみる？」そう言って自分のグラスと隆史のグラスに注いだ。

「乾杯」「乾杯」とビールの入ったグラスを合わせる。

一口飲んで「苦いね」と飲むのを止めてしまった隆史。

その様子を見て「ハハハ、子供みたいね」静香は大声で笑った。

夕食で笑い声がこの部屋から聞こえたのは、三年振りだった。

いつしか、何度も来る静香に隆史も心を開いていた。

子供の頃の話をして、自分が元気な頃の思い出を話して懐かしんだ。

静香も自分の子供の話をして打ち解けたのだ。

青春時代の話は流石に出来ない静香だった。

「私、来週お父様に会いに行くけれど、何か用事ある？」と尋ねた。

「お母さんのお墓にお参りに、お盆には帰りたい、それだけ伝えて下さい」と言う隆史。

実際長時間の移動は疲れるので、葬儀の時以外に隆史は田舎に帰ってなかった。

それに費用も馬鹿に成らないから、豊も出張が有るから行けたので、仕事が無く成れば行けないが現実だった。

今、その現実が起こったのだ。

今月静香に頼んでいたが、もう来月から担当部署の変更で東京から外れるのだ。

先日豊から隆史に電話でしばらく会えないと連絡が有ったのだ。

その為隆史は墓参りに帰ると言ったのだ。

「美味しかったでしょう」と尋ねる静香。

「はい、思い切り食べました、美味しかったです」と嬉しそうに答える隆史。

「ビール殆ど私が飲んだわ、少し酔ったわよ」そう言いながら片付け始める。

隆史も手伝って、静香が着ていたTシャツの胸の膨らみが隆史には眩しかった。

食器をシンクに運ぶ二人は新婚さんの様だった。


翌週、静香は夕方（田山）で富田と待ち合わせをしていた。

静香は店の和菓子を持参していた。

「これ、私の店の物で悪いのですが、お召し上がり下さい」と（雨月）の包みを差し出した。

それを見て貴子が「これ、有名なお菓子ですよね」と叫んだ。

「そうなの？」と好子が言う。

「どうも、ありがとう」と繁と好子が言う
「奥さん、知らないの？　この和菓子、日本橋の超老舗の品物よ」と貴子が教える。

「すみません、知らなくて」好子が謝ると「いえいえ、そんなに有名では有りませんわ」と静香が笑った。

その時携帯にメールが届いて富田が仕事で少し遅く成ると連絡をしてきた。

「じゃあ、この老舗のお嬢さん？」と貴子がびっくり顔で言う。

「はい、そうです」と笑顔の静香。

「富田さんと待ち合わせですか？」繁が尋ねた。

「はい、遅く成るみたいです」

「そう、まあ、ゆっくり待っていて」

「はい、待たせて頂きます」

好子は早速包みを開けて、三人で和菓子を食べ始めた。

そこに増田がやって来た。

「いらっしゃい」と貴子が笑顔で言う。

まあ、貴子が勤めている日は必ず来るのだけれど、増田が何を食べているの？　と言う感じで見るから「増田さんも食べる、お土産なのだけど」と差し出した。

すると包みを見て「おお、（雨月）の和菓子だな、高いよ」そう言いながら食べ始めて「旨いわ、何方の土産？」と尋ねた。

「伊藤さんのお土産です」と好子が答える。

「そりゃ、どうもご馳走さんです」と言う。

「こんなに頂いたのよ」箱を見せると「それだけ入っていたら高かったでしょう」と増田はズバッと言うと、貴子が「何言っているの、お嬢さんだから、関係ないでしょう」と言って微笑む。

「えー、（雨月）のお嬢さん？」増田がびっくり顔で、静香を見た。

「綺麗な訳だ、昔、雑誌に出たでしょう」と驚きながら言う増田。

もう五年も前に週刊誌の企画に、老舗のお嬢さんとして姉と一緒に掲載された事が有ったのだ。

「昔の雑誌の記事をよく覚えてらっしゃいましたね」と微笑んだ。

「お菓子のお礼に一杯ご馳走しますよ」増田は何とか静香に近づこうと必死だった。

「今回は何日、関西に？」と繁が聞いた。

「まだ、決めていませんの、目処がつけば良いのですが」と答える静香。

増田は貴子が静香の側に行くと、余りの違いに、こんな不細工だったのか？　と思っていた。

人間は何と身勝手なのだろう？　この店で人気者だったから、手を出したのに、今度は静香に触手を伸ばそうと考えているのだ。

しばらくして店が混んでくると「詰めましょうか？」と言いながら静香の側に寄る増田だ。

貴子はまた病気が発病だと苦々しい顔をしたが、団体七〜八人の対応に追われていた。

「(雨月）のお嬢さんとは、びっくりしました、確か江戸時代からの老舗ですよね」と尋ねる。

「よくご存じですわ、でも私の家は分家で、お爺さんの代からなのですよ」と答える静香。

「こんな商売していると、時々興味がある事を追求する事も有るのですよ」そう言いながら、少し減っている静香のグラスにビールを注いだ。

「ありがとう、ございます」

「お探しの方は見つかりましたか？」

「いいえ、まだなのです」

「人捜しって大変ですよね」

「はい」話をしながら静香は腕時計を見た。

「待ち人来たらずですな」と嬉しそうに言う増田。

店に入って来る客の殆どが、静香の顔を見てから座る。

中にはわざわざカウンターまで見に来る客もいた。

増田が静香の連れに見えたのか、遠慮しながら自分の席に戻っていた。

「料理頼みなさいよ、見るだけはだめよ」と向こうで貴子の声がするのだった。

何とか、話がしたい増田だったが、静香は横に有った雑誌を読んでしまったので、機会を失ってイライラしていた。

しばらくして「お待たせ」と言って、富田がようやくやって来た。

「おかえりなさい」静香が微笑みながら言う。

「今夜は賑わっていますね」と店を見渡して富田が言った。

今夜は常連客が少なくて、何人かのグループが多かった。

「いらっしゃい」と貴子がおしぼりと箸をカウンター越しに富田に渡した。

「今夜は忙しいね」と富田が貴子に言う。

静香が端に詰めて増田の隣に富田が座って、機嫌が悪くなった金造は直ぐに帰ってしまった。

見送る貴子が今夜は違う飲み屋だなと悟った。

「何食べる？」と貴子が富田に聞いた。

「伊藤さん何か食べますか？」

「そうね、串揚げでも貰おうかしら」

「盛り合わせで、それとマグロの刺身」と注文をした。

店内ががやがやして、二人には会話が他に聞こえないのが、かえって良かった。

「息子さん、病気大変ですね」と静香が言う。

「ああ、そうですね、見れば直ぐに判りますよね、あれでも随分良く成ったのです、絹子が亡くなる前、絹子は家内ですが、大変でした」

静香が「奥様も二重生活で苦労されて」と気の毒そうに言った。

「元々心臓が悪い家系だったのでしょうね、東京のマンションで倒れて、私も飛んで行ったのですが、亡くなった後でした」

「隆史さんあの身体で、一人の生活厳しかったでしょうね」と静香がしみじみと言う。

「一年程は苦労したと思いますよ、歩けなく成って、泣きながら電話してきた時が、一、二度有りましたね、頑張れとしか言えなくてね、介護も何も付けてやれないでしょう、食事中にこんな話ですが、トイレに行けない時も有った、見たいです、公的機関は何もしてくれませんからね、この町では健常者ですから、補助も無いのです、月に二十万も治療費とても払えませんよ」

と具体的に豊が話した。

話を聞いて静香が目頭を押さえていた。

「美人を泣かしたら駄目よ」そう言いながら貴子が料理を持って来た。

「さあ、食べましょう」と豊が言う。

明日二人で金子が住んでいたマンションの家主に会いに行く事に成っていた。

「伊藤さん今夜は？」と尋ねる豊。

「そこのホテルにでも、泊まろうかと、叔母の家から遠いので」と答えた。

「そうですか、我が家は私一人だから、ガラガラなのですが、流石に泊まってとは言えませんからね」と豊は笑った。

すると静香が笑顔で「泊めて貰っても良いのですか？」静香の言葉に一瞬言葉を失った豊だった。

第八話　お泊まり

「どうかしましたか？　お部屋一杯空いているのでしょう」と笑顔の静香。

そう言われても歳は五十代の、それも独身の男の一人住まいに、こんな美人が泊まる？　嘘だろう？

豊は夢でも見ているのか？　唖然としていた。

静香が「どうぞ」そう言ってビールを富田のグラスに注いだ。

確かに明日は朝から、家主を訪ねて、住所が判ればそこに行く予定だったから、この土曜と日曜で目処をと考えていたのだが、流石に豊はこの申し出には驚いていた。

手の空いた好子が「富田さんこれ食べる？　伊藤さんのお土産なの」と和菓子をひとつ差し出した。

「高級な和菓子ですね」と包みを見て言った。

「伊藤さんの実家の物ですって」と貴子が教える。

「えー、伊藤さん！　あの（雨月）の方ですか？」と驚きの声の豊。

「はい」

「私も時々、仕事の手土産に使いますよ」と言う豊。

「富田さん知らなかったの？」貴子が驚く。

「知りませんでした」

服装、話し方、立ち振る舞いから、お金持ちのお嬢さんだとは考えていた富田だったが、今夜は脅かされる事が多いなあと思った。

世間知らずのお嬢さんだから、変な男に引っかかったのだ。

妹も何と私の家に泊まると云う、姉妹揃って妊娠?　豊の変な妄想が頭の中を駆け巡っていた。

三本程ビールを飲んでから「富田さんの家は近いの?」と尋ねる静香。

「歩いて十分程ですよ」

「じゃあ、一緒に帰りましょうか?」と言う静香だ。

「えー、本気」と豊は声を変えた。

「ええ」と答える静香は隆史の育った家、環境を見て見たかったのだ。

豊が自分に何かするとは考えられなかったから、自分の事に親身になってくれるし、隆史も身体は悪いが、性格はとても良いと思っていた。

二人共信用出来ると、今まで静香の勘は確かだった。

増田も最初に避けた様に自分に対する警戒心は非常に高い、この豊さんは多分私が裸で前にいても何もしない人、そんな勘が有った。

後ろに置いていた荷物を持って立ち上がると「持ちましょう」そう言って豊が静香のキャリーバッグを持った。

繁が「富田君、上手にな」と笑った。

静香は会釈をして出て行った。

静香に「お腹大丈夫ですか?」豊が尋ねた。

「私は、もう満腹です、ごちそうさま」と会釈をする静香。

「むさ苦しい、男の一人暮らしですよ、本当に良いのですか?」と豊は驚きながら再び尋ねた。

「はい」と答えて「田舎は東京に比べて星が綺麗ですね」と星空を見上げる。

「そうですか? この辺りも大きな工場が出来て空が汚れました」と豊も夜空を見上げる。

親子程歳が離れていたが、静香には豊がそうは見えなかった。

豊の家は意外と大きく二階建てで、玄関迄に中庭が有る。

「掃除していませんが、二階は隆史が使っていた部屋と、もう一間有りますから、その部屋を使って下さい」そう云われて豊が荷物を持って上がって「広いですね」何も置いてないから六畳の部屋は結構広かった。

「テレビは隆史の部屋に有ります」そう言いながら隣の部屋の明かりを灯した。

その部屋は高校生の隆史が蘇っていた。

窓際の勉強机、右にある洋服ダンス、壁には古いカレンダー、まるでその時から時間が止まった光景がそこに有った。

「隆史が東京に行った時のままなのですよ」と説明する豊。

「えー、時間が止まっていますね」と言う静香が見たかったのは、これかも知れないと思った。

「お風呂の用意と何か着替え探してきます」そう言って豊が下に行った。

洋服タンスを開けると、制服が、コートが、机の上の本立てには参考書、辞書その横に写真が、家族旅行なのか三人が仲良く写っていた。

悪いとは思ったが引き出しを開けると、そこには湿布薬、鎮痛剤、解熱の薬と一杯色々な薬が入っていた。

親に内緒で痛みと格闘していた姿が想像出来た。

多分夜寝ていて痛く成った時に使っていたのだろう、そう思うと思わず目頭が熱くなった。

豊が「これ新品の様ですが、とパジャマを持って来た」

「ありがとう、ございます」受け取ったのは袋に入った男性用のパジャマだった、

「お風呂沸きましたのでどうぞ」そう言いながら布団にシーツを着けて準備していた。

「じゃあ、お先にお風呂頂きます」と言う静香はバッグから必要な物を取り出して、お風呂に向かうのだった。

田舎の家ね、部屋も風呂場も脱衣場も、造りが大きい。

脱衣場にはバスタオル、フェイスタオルが準備して有った。

よく気が利くね、そう思いながらシャワー、洗髪、湯船とゆっくりして、ホテルのバスタブは浅いからね、これが一番と静香が湯船に浸かる。

豊はテレビを見ていたが殆ど内容は知らなかった。

風呂場の静香が気に成ったから、やがて静香が洗い髪をタオルで巻いて、男物のパジャマを着て風呂場から出てきた。

流石の豊も男がムラムラしていたのだったが、「ぴったりですわ、このパジャマ！　私息子さんがどんな家で育ったのか、見たかったのです」その言葉で豊は冷静さを取り戻した。

「隆史はまったくのウブで世間の事は全く知りません、貴女の様な美しい方に大事にされると、その気に成ってしまうのが私は怖いのです、興味半分で息子に近づかないで欲しいのです」と頼む様に話した。

「はい」と答える静香。

「これ以上苦しみを息子に与えると、もう生きて行けないと思います」と豊が話す。

「それは、息子さんが私に好意を持つと、云う事ですね」と言う静香。

「息子は恋愛には無縁で育っています、心は純粋無垢ですから」と説明する豊。

「判りますわ、お父様の気持ちも、息子さんが失望しない様に接しますから、安心して下さい」と話す静香。

パジャマに静香の乳房が薄く見える様な気がする。

豊にもしも隆史の話をしていなかったら、多分我慢できなかっただろう。

「それでは部屋に行きますね」と会釈をして二階に向かう。

「おやすみなさい」と豊が言うと、階段を上がって行く静香。

しばくして静香が髪を乾かしていると「入ってもいいですか？」と豊が二階にやって来た。

「はい、どうぞ」と答える静香。

豊が手にアルバムを二冊持って、入って来て「隆史のアルバムです、宜しかったら、見て下さい」そう言って置くと直ぐさま部屋を出て行った。

豊にはこれ以上自分を制止する自信が無かったから、静香の髪を乾かす姿と奥の座敷の布団が、豊の自制を壊しそうだった。

そのアルバムには生まれた時の隆史、赤ん坊からの成長の記録と母絹子、そして時々登場する豊の若かりし姿。

カメラを構えているのが豊だから、登場が少ない。

毎年正月には家族三人での旅行が隆史の三歳位から続いていた。

中学二年の正月で終わっていた。

大きく成ったから旅行止めたのだと静香は想像していた。

もう一冊には学校関係の写真が集められて、高校二年の冬のスキー写真で終わっていた。

この後発病したのだと思う。

此処までは極普通の家族の写真だわ、アルバムの最後にカメラ店の袋に入った数十枚の写真が、アルバムには貼ってなかった。

それは母絹子の葬儀の写真だった。

それは絹子の棺にしがみついて無く隆史の姿だった。

立てない足を引きずりながら、何枚も同じ様な写真が、静香の目頭が熱く成っていた。

隆史には自分の看病と失望が、母絹子の死を早めたと思っていただろう姿に見えていた。

静香は床についても、中々眠れなかった。

写真の姿が脳裏から離れなかったので、熟睡しないまま夜が明けた。

下からお味噌汁の良い匂いがする。

「おはよう、ございます」と食卓に行くと「おはよう、たいした物は無いですが、三年間寡婦暮らしで覚えた料理ですから」と微笑む豊。

卵焼き、鮭の焼いたもの、漬け物が並んでいた。

「お父さん料理出来るのですね」驚いた様に言う静香。

「料理と云う程の物ではないのですが、召し上がって下さい」と白飯を茶碗によそった。

「頂きます」と静香が朝食を食べ始める。

豊は娘が居たらこんな感じなのだろうな、と遠い昔を思い出していた。

「残念です、女のお子様でしたのに」

絹子に二人目が出来たが、成長が止まって死産になった時の看護師の豊への言葉だった。

隆史と年子で生まれる予定だった。

「どうしたのですか？　美味しいですわ、料理上手ですよ」と豊の表情を見て静香が言った。

「(田山)の親父に何種類か教えて貰って、娘が居たら、こんな感じなのかな？　そう考えていたのですよ」

「娘さんって、欲しかったですか？」と不思議そうに尋ねる。

「そりゃ、欲しかったですよ、顔は見ていません……」そう言って声を詰まらせた豊に、悪い事を聞いてしまったと思った。

何かの思い出に触れてしまったと静香は後悔したが「直ぐ、下に娘が居たのですが、死産で」と豊が説明をした。

「すみません」と静香は気の毒そうに言った。

「良いのですよ、もう二十年以上の前の話ですから、でも妹が居たら、我が家も変わっていたでしょうね」と思い出した様に言った。

「今日と明日は私を娘と思って下さい」と勇気付けるのが静香の精一杯の気持ちだった。

第九話　日生にて

「準備出来ましたか?」と階段の下から呼ぶ豊。

「はーい」と返事をした静香。

白の半袖のブラウスに黒のパンツスタイルで、静香は二階から降りてきた。髪を後ろで束ねて、豊は年代物の乗用車を家の前まで車庫から出した。

「古いでしょう、もう二十年乗っていますよ」そう言いながら笑った。

会社には電車で行くから殆ど乗らないからと笑っていたが、子供の治療費とか二重生活で、とても車を買い換える余裕なんて無いだろう事は、静香には察する事が出来た。

「古いから燃費が悪くて」そう言って静香を乗せて走り出した。

「東京に比べて、空気が綺麗ですね」と話す静香。

「そうでしょうか?　この辺りも大きな工場が出来て、空気が悪く成りましたよ」

豊は大きな工場によって、昔、子供の頃遊んだ綺麗な海岸が、工場用地として埋め立てられて無くなった事に無念さを感じているのか、昨晩と同じ様な事を言った。

静香は姉の話を簡単に豊に話して「子供を産みたいと決心しているのです」と言うと「でもその金子さん岡田さんが、独身の人だとは決まって無いのですよね」と言う豊。

「はい、何も判りません、姉は泥酔していましたからね」と静香が言った。

「金子さんが見つかっても期待できないですよね、確率ですが」と豊が言う。

「私は姉が一人でも生むと言っていますので、姉の気持ちも判らなくはないのですが、身体が丈夫なら多分生まないでしょうね」答える静香。

そう話していたら、金子が住んでいたマンションのオーナーの自宅に到着した。

オーナーは年老いた老人夫婦だった。

粗方電話で説明してあったので、契約書を持って待っていた。

「これが、そのマンションの契約書です」と差し出した。

豊は先日（かすみ）のママ馬場幸子に、金子の住まいをようやくの思いで聞き出していた。

それは幸子が金子と関係が有ったから判ったのだが、とても静香には言えなかった。

幸子と金子は酔っ払った勢いで、金子のマンションで一時を過ごしたのだった。

豊の勘では貴子と金子も、関係が有るのではと考えていた。

チャンスが有れば聞いてみたいと思っていたが、今はまだ実現していなかった。

契約書にはＫＹ興産と書いて有って、金子も岡田も無かった。

ＫＹ興産の社長も山田浩一で住所は神戸に成っていた。

「月曜日にでも、私が行って確かめて来ますわ」静香が言った。

「この借り主さん他にも借りて貰っていますよ」とオーナーの婦人が言った。

多分人を企業に仲介する仕事をしている会社なのでは？　と豊は考えた。

車に戻って「言い難いのですが、金子さんは契約社員の様な方では？」と話した。

「私もそう感じましたわ」

「次行きましょうか？」

幸子はヒントを多少知っていた。

兄が日生で漁師をしているらしい、実家が山陰の養父らしいと云う事だった。

その為今日は二カ所で、明日養父迄行く事に成っていた。

「明日も良い天気らしいから、観光気分で行きましょう」と言う。

「そうですね、人捜しだけですと、気分滅入りますからね」

「でも、もう随分暑いですね」

「じゃあ、道筋に有る、生野の銀山でも行きましょうか？」と豊が言う。

豊は静香の様な美人とデート出来ると思うと、人捜しを忘れてしまいそうに成ったのだった。

「山に登るのですか？」と尋ねる静香。

「いえいえ、採掘した坑道が有って、涼しいのですよ」

「それは、良いですね、涼しいのが」と微笑む。

「関西までいらしたのですから、多少は観光地にも行かなければね」

「そうですね、隆史さんも外に出れば気分も変わるでしょうに」と異なる心配をする静香。

「中々あのスタイルですから、必要最小限しか出ないのですよ、私が死んだら一人で生きて行けるのかが心配の種ですよ」と言う豊。

「大丈夫ですよ、私が連れ出してあげますから」と静香が話す。

「先日も言いましたが、過度の期待を持たせないで下さい、お願いします」と頼む様に言う。

「大丈夫ですわ」

「今、精神的に打撃を受けたら、隆史は生きて行けませんから」と言う豊。

豊の気持ちが痛いほど判る静香だった。

自分の事よりも息子の将来を心配しているのが、二人の会話は隆史の話に成ると、豊は男を忘れてしまうのだった。

初夏の日生の港は潮の匂いが風にのって、爽やかに静香の頬に靡いた。

「素晴らしい匂いですね」と大きく息をして言った。

「海の匂いですね」

「何処で聞きましょうか？」

「適当に聞かないと判らないでしょうね」

「ここは、牡蠣が有名なの？」と牡蠣の幟を見て言った。

「そうそう、お昼遅く成ったから、先に食事しましょうか？」

車を駐車場に置いて「あそこの食堂に行きましょう」豊の指さす方を見たら、牡蠣定食と大きい幟がはためいていた。

昼を少し過ぎているので店内は数人の客しかいない。

「いらっしゃいませ」と言って水とおしぼりを持って来た女性が、静香を見て「女優さんですか、撮影の下見ですか？」と尋ねた。

「えー」言われた静香がびっくりしてしまった。

「違いますわ、女優では有りませんよ」静香が慌てて否定した。

「そうなのですか？　時々撮影でこの辺りに、俳優さん来られるので」と笑った。

「僕はプロデューサーの役回りですね」豊が笑いながら言った。

「からかわないで下さい」と静香も笑いながら「私は牡蠣フライ定食に、どれにします？」と尋ねた。

「焼き牡蠣も食べてみたいですね」

「じゃあ、追加でひと皿頼みましょうか？」

「すみません、注文です」そう言って店員に注文して、「漁師さんの事、何処で聞けば判りますか?」と尋ねた。

「漁師さんですか?　此処出て右に少し行くと、日生の漁業組合の事務所有りますよ、今の時間誰か居るかな?」と教えてくれた。

「ありがとう、後で覗きます」

二人は日生の牡蠣を堪能して、組合の事務所に向かった。

幸い一人の男性の人が居て「こんにちは、人を探しているのですが?」と豊が言う。

「漁師さんなのです」と横から静香が言うと、一目見て「凄い美人さん、びっくりしました」と笑ったが、美人は得である。

「誰を捜しているのですか?」

「金子さん、岡田さんです」

「二人ですか?」

「はい」

「少し待って下さい、名簿見て見ますから」

男は棚から名簿を取り出して調べて「はい、岡田さんも、金子さんも居ますね」と答えた。

「えー、二人共ですか?」二人居た事に驚く。

「はい」

「じゃあ、お二人の住所教えて貰えますか?」

住所と電話番号を聞いて事務所を後にして「電話かけてみよう」と豊が言う。

「じゃあ、私が金子さんに」

「私は岡田さんね」と互いに掛けた
「もしもし、金子さんのお宅でしょうか? 漁師されている方いらっしゃいますか?」

電話口の女性が「お爺ちゃんに用事でしょうか?」と尋ねた。

「漁師の方はお爺さんでしょうか?」

「そうですよ、七十五歳に成りますがまだ現役ですよ、今、出掛けていますが」

「じゃあ、結構です」と電話を切ったのだった。

「私の岡田さんは留守よ」

「住所の処まで行きましょう」

車で五〜六分の場所に岡田の家は有ったが留守だった。

「近所で聞いてみますか?」

「はい」

近所と云っても密集してなくて、数十メートル離れていた。

数軒の内一軒に人がいて、静香が尋ねると最近は漁師より、別の仕事をしているらしい。漁師は休みの日だけらしい。

今日は朝から、家族で遊びに行ったらしく、泊まりかも知れないと言われたのだった。

「この、岡田さんが該当者かも、知れませんね」

「明日以降に電話してみますわ」、

「時間が少し有るので、赤穂のお城でも行きますか？」

「近いのですか？」

「近いと思いますよ」

「じゃあ、行きましょう」

半時間も走らないで城跡まで到着した。

「子供の頃に比べると、凄く整備されていますよ」と豊が昔を想い出して言った。

「建物が新しいですね」

女の子の集団が近づいて来て「写真良いですか？」と尋ねる。

「何でしょうか？」と静香が振り向くと、カメラが向けられる。此処で芸能イベントが有るらしいのだ。

またも静香はタレントに間違われていたのだった。

赤穂城は一六六一年に完成した城で、大変珍しい海岸平城なのだった。

徳川幕府が始まった後に築かれたのに、構造上は戦を意識して、複雑に折れ曲がる石垣、角度の異なる門。

そして三方は山に囲まれ、東に千種川、南は瀬戸内海に面して船による出入りが出来る様に造られていた。

本丸庭園と二の丸庭園が出来て今では赤穂市のシンボルに成っていた。

東京に住んでいると中々味わえない雰囲気を静香は堪能していた。

瀬戸内海の波は静かでまるで水の上を歩ける様な気持ちに成る。

行き交う船の波が無ければ本当にそう思う程、今日の海は穏やかだ。

早く姉の問題も穏やかに終わって欲しいと願う静香だった。

第十話　心に

翌朝、静香は富田家で二日目の朝を迎えていた。

朝食を終えて出掛ける準備をしていると「電話が、隆史から掛かっていますが、話しますか？」と階段の下から豊が叫んだ。

静香は別に話す事は無かったけれど「はーい」と駆け下りて行った。

受話器を持つと「おはよう」と明るい声で言う静香。

「おはようございます」

「昨日から、貴方の家に泊まっているのよ」

「今朝父から聞いて、びっくりしました」

「貴方の部屋も見たわよ、アルバムも」

「恥ずかしいなあ」

「今日はね、今から生野銀山迄、お父様とデートよ」

「えー、そうなのですか？　親父も中々ですね」

「好きに成っちゃったらどうする？」

「困るなあ、若いお母さんって、呼べるかな」

「冗談よ」

「びっくりしました」

「今度、富士山に行こうね」

「本当に、期待しちゃいますよ」

「本当よ」そう言って電話は終わった。

側で聞いていた豊が「隆史を富士山に連れて行ってくれるのですか?」と驚いて尋ねた。

「はい、そのつもりですけど」と答える静香。

「喜んだでしょう、始めて東京に行った時、絹子に話したらしいですよ(僕、歩ける様に成ったら、富士山に登りたい)と母親は無理だと判っていても、治るから行けるから、頑張って治療しましょうと励ましたらしい」と話す豊。

「十七歳の少年には残酷な病気ですよね」そう言いながら静香は涙目に成っていた。


車に乗った静香が「今日も暑そうですね」と青空を見上げて言った。

「帽子が必要でしょう?」

「ほんとですね、日焼けしそうです」と微笑む。

「美人には大敵でしょう」

「お父様まで、美人だなんてからかわないで下さい」

「いや、本当に綺麗ですよ、一緒に居るだけで鼻が高い」と笑った。

しばらくして車は高速道路で一本道、サービスエリアに停車すると「ちょっと」と言って豊は車を離れた。

静香はトイレかな？　と思っていたら、豊は帽子を買って来たのだ。

「これ、貴女に似合うかな？」そう言いながら差し出した。

「えー、帽子を買いに？」と驚きの表情に成る静香。

受け取った静香は茶色の花柄の帽子を被って「似合いますか？」と微笑んだ。

「似合いますね、美人は何でも似合うのかも」と笑顔で静香の姿を見て言う。

「ありがとう、ございます」

今日の静香は髪を梳かしているから、帽子が似合った。

そして豊の気遣いが嬉しかった静香。

「ほら、標識出ているでしょう」と看板を見て指をさす。

「生野って書いていますね」

東京の雑踏の中で生活している静香には、この風景は新鮮だった。

田舎道を走ると銀山の駐車場に到着、十一時と早いのに日曜だから駐車場は満車寸前だ。

「いつもは空いているのに」と豊が言うと「何か催し有る様ですね」と静香が看板を見て言った。

「子供の数が多いと思ったら、ぬいぐるみのキャラクターショーですね」と豊が言う。

静香は男性と二人きりで観光地には殆ど行かない、誘われる事はよく有っても行かないのだ。

だから今日の様な事は殆ど経験が無かった。

何人かのグループとかは有るのだが、二人のデートは殆ど無かった。

静香は「山の空気が美味しいです」そう言って深呼吸をしたのだ。

朱色の橋の前方には小さな滝が流れて景色を演出して、鉱山から鉱石を運ぶトロッコの展示に駆け寄ってポーズをすると、携帯で豊が撮影をした。

坑道に入ると中はヒンヤリとして、薄暗い、鉱夫の人形に驚いて豊の腕を掴むから、嬉しく成る豊、幽霊屋敷でも良いなと思っていた。

坑道の中には若い夫婦の子連れも居て、静香に見とれて、蹴躓くお父さんも居た。

珍しいのか、静香は携帯で次々と撮影をして、時には豊に自分を映してと頼んだりしていた。

突然「すみません、撮影お願いします」と若いお父さんに話しかけて、豊と二人の写真を納めていた。

坑道の中は近代の作業の場から、江戸時代の鉱山の様子に変わると「不気味な人形も有りますね」そう言って豊の腕を、いつの間にか腕を組んで見学をしている静香なのだ。

すっかりカップル気分の二人なのだ。

資料室から土産物店に「これ二つ下さい」と静香がペアのキーホルダーを買い求めていた。

「そろそろ、行きましょうか?」と豊に言われて「そうでした、観光目的では無かったわ」と我に返った静香。

楽しい一時が終わった二人は、一路養父に向かったのだった。

しばらくして実家は惣菜とかを作っていると言うヒントが有ったので、簡単に見つかるだろうと思ったが、養父町自体大きく、数カ所で聞いたが中々判らない。

「広いですね」

「田舎は密集してないから、判り難いですね」

「惣菜を売っている店で聞けば、判らないでしょうか？」

「そうしましょう」

しかし小さなお店数軒探して判らなかった。

「あそこのスーパーに行きませんか？」と指をさす静香。

規模の大きいお店に、チェーン店だが仕入れは本部がするので、担当者レベルでは仕入れ先の事は判らないだろうと敬遠していたのだ。

静香は店内を見て回って「有ったわ、これ、よ」と冷凍のコロッケを手に持って、住所を手帳に書き留めたのだった。

岡田惣菜株式会社、どうやら金子が偽名で岡田が本名の様だ。

ある意味静香は姉が嘘をつかれてなかった事が嬉しかった。

岡田惣菜は大屋川の側に在って、急な坂を登り切った場所に、自宅兼工場と云った感じの造りに成っていた。

工場の隣に在る自宅の扉を開くと「こんにちは」と呼んだ。

「はーい」と中から老女の声が聞こえて「まあ、綺麗な人」と腰を丸めながら出てきて、開口一番に言うのだ。

「すみません、この写真の方ご存じでしょうか？」と静香が見せる。

携帯の写真から作ったので画像が悪い。

老女の「よく見えないけれど、孫の一樹に似ているね」と言う、静香はその言葉に目の前が明るくなった。

「今、何処に住んでいらっしゃいますか？」と尋ねる。

「判らないね、各地を飛び回っているからね」

「お婆さん以外に何方かいらっしゃいませんか？」

「今日は日曜でパートは来てないよ」

「いや、従業員の方ではなくて、家族の方は？」

「お爺さんは畑、嫁なら今日は豊岡に行っているよ」

八十歳は超えているだろう老婆との話では中々進まなかった。

「テレビか本の取材かい」と尋ねる老女。

時々その様な関係者が来るのだろう、豊と不釣り合いな静香が、その様に見えていたのだ。

「どうしましょう?」静香が豊に尋ねた。

「どうやら、実家のようですね、場所も電話も判ったから、電話で尋ねましょう」

挨拶をして、二人が外に出ると同時に、お爺さんらしき老人が帰ってきた。

「お客さんでしたか?」歳の感じよりはしっかりしている。

「すみません、私伊藤と申します、この方を捜して此処に来ました」そう言って写真を差し出した。

目を細めて写真を見つめて「おお、金子一樹じゃな!」と言ったのだ。

二人は顔を見合わせて「金子」と同時に言った。

「この子は此処には帰って来ないが、何を探しているのかな?」と逆に尋ねた。

「岡田さんじゃないのでしょうか?」と不思議に成って尋ねる。

「ああ、養子に行ったから名前が変わったのじゃよ」とおじいさんが答える。

「住まいは判りますか?」

「各地を廻っているから、判らんな」

此処ではこれ以上判らない様な気がした二人は、お礼を言って立ち去ろうとしたら「一樹が何か悪い事でも？」と声を掛けたので「違いますよ」と言って別れた。

「金子も岡田も本当だったのですね」静香が安心した様に言うのだった。

「働いている場所は知らないみたいでしたね」

「特殊な仕事なのでしょう、明日ＫＹ興産に行けば判りますわ」

二人の今日の目的は達成されたのだった。


翌朝、静香は豊の出勤時間に合わせて、富田家を後にした。

「お世話に成りました、二日間お付き合いして頂いて助かりました」と丁寧にお辞儀をした。

「いえいえ、今後もお手伝いしますよ」豊は笑顔で答える。

「はい、ありがとう、ございます」そう言ってから、一路駅迄一緒に向かった。

「隆史の事、くれぐれも宜しくお願いします」と再び頼む豊。

「はい、判っています、お父様のおっしゃった事は守りますから」

「お願いします」静香は神戸に向かった。

見送る豊はこの二日間楽しかったな、十歳若かったらと考えて、慌てて否定する自分が可笑しかった。

静香も電車の中で二日間を思い出していた。

いい人ね、富田さんって、優しいし、気遣いも有るわと帽子を触っていた。

若い人で何故富田さんの様な人が居ないのかな？

直ぐに求めてくる変な男とか、お金を見せびらかす男、真剣な真面目男も困るけれどね、と考えていた。

この時に静香の心に富田親子が住み着いて居たのかも知れなかった。

第十一話　痴漢

夜（田山）で富田は昨日の事を思い出しながら飲んでいた。

「ニヤニヤして、気持ち悪いわね」と好子が言う。

「えー、そんなに変にみえますか？」と尋ねる豊。

「はい、顔に美人が」と好子が笑いながら言う。

富田は「えー」と言いながら顔を触った。

「どうだったの？　美人との感想は？」と尋ねる。

静香と一緒に泊まった話は(田山)で話題に成っていた。

土曜日に此処を出た後、その話題で盛り上がったのだった。

人の口に戸は立てられないと言うけれど、話が大きく成っているのに富田は驚いた。


昼間に静香は東京に帰って行った。

神戸の話を電話で、ＫＹ興産は人材派遣の会社で金子一樹は登録して、現場監督として期間限定で日本各地に最長二年最短三ヵ月の現場に行く。

そして今は静岡の家に居て休暇期間らしい、非破壊検査の仕事をしているのだ。

静香は帰りに静岡に寄ると電話で話していた。

どうだったのだろう？　金子さんには会えたのかな？　そう考えていると携帯が鳴った。

富田は店の外の路地に行って「こんばんは」と静香の電話に出る。

「どうだった？　金子さんに会えましたか？」と尋ねる。

「いえ、留守だったのです」と声が沈んでいた。

「そうでしたか？　家判ったから、いつでも行けますよ」

「ですが、奥様がいらっしゃるみたいです」

「えー、じゃあ養子は婿養子なのですね」

「そうみたいです、暫く様子を見てから連絡します」

「そうですね、家庭が壊れますからね」

「お世話になりありがとうございました」そう言って静香は電話を切った。

富田はこれから、どうなるのだろう、と不安に成るのだった。

電話が終わって路地から出ると「こら、立ち小便、逮捕だ」貴子が笑いながら言うので「びっくりして、ズボンに」そう言うと「汚いお客さんお断り」と言いながら店に戻った。

店に戻ると「美人からの電話でしょう」好子が言う。

「判りましたか？」と微笑む豊。

「着信の顔で判るわよ」好子が言う。

「あんな美人と何！　出来て最高でしょう」と貴子が言うと「貴ちゃんだな、変な噂ながしているのは？」と怒った様に言う。

「ちがうわよ、此処の大将よ、二人が帰った後、盛り上げて話していたわよ」貴子が言った。

「止めて下さいよ、何も無いのだから」と否定する豊。

「嘘ー！」と好子が大声で言う。

「本当ですよ、何も無いです」と再び否定の豊。

「一晩あんな美人と一緒で？」と好子が驚き顔で言う。

「身体悪いの？」と貴子が心配顔になって言う。

「一晩ではなく、二晩でした」豊が言うと「えー二晩も泊まったの？」と好子が驚く。

「凄いね、ライオンの檻に兎じゃないの」貴子が嵩にかかって言う。

「こら、例えが悪い」と怒る豊。

「お風呂も入ったでしょう？　食事も一緒でしょう？」好子が不思議そうに言った。

「何もないの！　だって息子の彼女だから」その言葉で、空気が冷めた。

二人共隆史の顔は知らないが病気は知っている。

東京の病院に治療の為に住んでいる事も、その影響で妻の絹子が亡くなった事もだった。

「良かったですね、あんな美人と付き合っているなんて」二人ともそう言うのが精一杯だった。

あり得ない話だったから、そこに繁がやって来て「おおー色男」と富田に声を掛けた。

好子が「お父さん」と目で合図をすると、繁は調理場に消えていった。

その後店内が混んで、豊も帰った。


翌日の夜、静香は隆史のマンションを訪れた。

「こんばんは」

「伊藤さん、入って下さい」と招き入れる。

「散髪したのね、意外と美男子ですね」と笑顔で言う静香。

「伊藤さんにそう言われると照れますよ」そう言って頭をかいた。

「コーヒーでも飲みますか？」と言う隆史。

「ええ」と返事をして上がる静香。

しばらくして「これ、生野の銀山で買ったのよ」キーホルダーを差し出した。

「ペアよ」二つの形で丸に成る物で半月が二つのキーホルダーだ。

「良いでしょう、これは私でこれが貴方よ」と差し出す。

「えー、伊藤さんとペアなんて光栄です」と喜ぶ隆史。

「静香と呼んで欲しいな、私も隆史さんって呼ぶから」と静香が言いだした。

コーヒーを飲みながら、隆史は夢だろう？　夢なら醒めないでと祈らずにはいられなかった。

「隆史さんは日曜日だけ？　休み？」と尋ねる。

「土日祝が基本休みです」

「富士山来週天気が良ければ行きませんか？」と微笑みながら誘う。

「本当に？　いや静香さん良いのですか？」驚きながら嬉しそうな顔に成る隆史。

「勿論です、でも早起きしなければ駄目ですよ」と言う静香。

「大丈夫です、寝ませんから」そう言うと静香が大笑いをして、釁られて隆史も笑った。

隆史が心から笑えるのは最近で、静香が訪れる様に成ってからだった。

静香が帰って隆史は貰ったキーホルダーを、宝物の様に握り締めていた。

あの父にしてこの子有りね、心が綺麗だわ、そう思いながら帰って行った。


帰ると姉の照子が「岡田さんの事、何か判った」と尋ねた。

「中々判らないわよ、お姉さんのヒントが少なすぎます」

「そうよね、一樹よね、あー思い出した一樹って名前よ、岡田一樹」と言い始める照子。

「そこまでは、私も調べました、名前も判らない人、探すのは大変よ、それに遠いのよ」

「妹よ、すまぬ」と姉は機嫌が良いのだ。

「お姉さんのおかげで良い人達に会えましたけれど」と言う静香。

「それ、何？　恋人でも出来たの？　嘘？　奇跡？　貴女に？」と驚きか、茶化しの様に言う照子。

昔から彼氏が直ぐに出来るのが照子で、健康そうな静香には中々出来なかったから、照子はびっくりしたのだ。

「おお、これは奇跡だ」そう言いながら自分の部屋に行く照子だ。

翌日「静香、恋人が出来たって？」母照代が電話してきた。

「お姉さんね、変な事喋ったのは、違いますよ」と否定する。

「嘘は言わない子なのは私が知っています」と母照代が言った。

「違います、てば」と否定が続いた。

「好きな人が出来たのは間違いないわね」と決めつける照代。

「貴女はそんな嘘は言わないから、だって一人しか聞いた事ないから、二人目よ」

「いいえ、三人よ」と教える静香。

「誰よ、母さん知らないよ」と聞きたがる。

「そのうちに判るわ」そう言って電話を切ったら、直ぐにまた電話で「どんな人？」と執拗に聞いて来る。

「いい人よ、それ以上は内緒」とはぐらかす。

「お姉さんの様な事はしないでね」今度は懇願に変わっていた。

「不倫は駄目よ、駄目よ、お姉さんは不倫じゃないから、まだ良いけれど」と言う照代。

「……」静香は言葉が無かった。

お姉さん不倫みたいよ、私困っているのよ、誰に何と説明すれば良いのか？　言いたい気持ちを我慢していると「えー、不倫なの？」と声が大きく成った。

「奥様も恋人も居ません、お母様ご安心を」と静香が言う。

「そう、教えてよ、一線を越える前にね」と話すと、今度は照代が電話を切った。

静香は何故富田親子の事を、話したのか判らなかったが、姉にも母にも話していた。

しかし自分の事は別にして、近日中に姉の彼氏を確かめる為に、静岡に行って確認する必要が有る。

唯、その事実を家族にどの様に報告すれば良いのだろう、粗方判っているから悩む静香なのだ。


金曜日の夜、静香は隆史のマンションに向かっていた。

到着する寸前に不審な気配を感じた。

男が「別嬪さんだ、付き合って」と不意に抱きつかれそうに成った。

静香は「助けてー」と大声を発していた。

痴漢だ、逃げないと静香が必死で隆史の住むマンションの側まで走ったが、追いつかれてしまった。

もう一度「助けてー」と叫んだ。

男は静香を後ろから押さえて口を手で塞ごうとする。

必死の静香は体格があるので、押さえきれない。

しかし男も必死だったので、柔道の絞め技の様に成って首が絞まって意識が薄れ、静香の力が抜けた。

男の「てこずらせたな」の声が聞こえたが後は判らなくなった。


静香は気が付いた時、蛍光灯の明かりが微かに見えて、何処かの部屋に連れ込まれた。

服も着ているから犯されてない事が判って、首の圧迫感が残っている以外は何もなかった。

気を失った時間は僅かだわ、自分が意外と冷静なのにびっくりしていた。

体を動かないで目で廻りを見渡した。

誰も居ない感じがしたが、下手に動いて見つかると大変なので、と見まわしていると、あれ？見た様な風景がある。

遠くの勉強机、壁、静香は起き上がって、そこは隆史の部屋だった。

何故此処に寝ているのだろう？　隆史が見当たらない。

外の騒がしさに気が付いてゆっくり扉を開けると、警察官が数人にパトカーが二台、野次馬が数十人が見えた。

そこに救急車が到着して、自分の家の方に向かってきた。

「被害者の女性は?」と尋ねられて、家に向かってくる。

救急隊員が静香を見て「何方ですか?」と尋ねて「あっ、あの」そう言っていると、隆史が静香に気づいて「静香さん気が付きましたね」と隆史が嬉しそうに近づいてきた。

「隆史さんが助けてくれたの?」と尋ねる静香。

「はい、それより、救急来たので一度診て貰ったら?」と尋ねる隆史。

「大丈夫です」と言う静香。

「意識が無かったので、救急車呼んだのですが」と話す隆史。

警察に事情を話して、安心して救急車は帰って行った。

犯人はパトカーに乗せられて去っていった。

「明日、僕たちも事情を話しに警察に行かなければ成りません」と隆史が静香に説明した。

「そうなのですね、私意識を失って、もう駄目かと思いました」と静香が言う。

安心した様に「無事で良かった」隆史はそう言って静香の肩を抱いた。

第十二話　感激の富士山

「もう少し早く助けられたら良かったのですが、この身体ですからね」隆史は微笑みながら言った。

「充分間に合いました、この辺りも危ないですね」と思い出しながら話す静香。

「最近何人か被害に遭ったみたいです、先程警察が教えてくれました」隆史が警察との話を教えた。

「どの様に助けてくれたの？」静香は身体の悪い隆史を気づかった。

「貴女の声を聞いて、扉を開いたら格闘中で、台所からフライパンを持ち出して、貴女が失神するのと同時に叩きました」

「あら、武器はフライパンですか？」と驚きの表情。

「怯んだ時に近所の人達が出てきて取り押さえたのですよ」

「フライパンを取りに行かないで、助ければ失神しなかったのに、すみません」

「貴方が怪我していたかも？　それで良かったのよ」

「怪我がなくて、良かったです」

「本当に、ありがとう」二人はコーヒーを飲みながら語り合った。

隆史と静香の距離が大きく近づいたのだった。

「日曜日に富士山に行きましょう、それを言いに来たのよ」

「身体大丈夫ですか？」と尋ねる。

「大丈夫よ、ほら」そう言って静香が屈伸をして見せた。

「僕は嬉しいですが、何時に出るのですか？」

「七時に出ましょう、いい？」と笑顔で尋ねる。

「大丈夫です、眠れないから」そう言って笑った。

「じゃあ、日曜に、今夜はありがとう」そう言いながら静香は隆史の額にキスをした。

隆史には母以外の女性に、額にでもキスされた事が無かったので、言葉を忘れて呆然としていた。

扉の閉まる音で我に返る程の衝撃だった。

隆史が静香に恋をしてしまった瞬間だった。


静香も帰り道に同じ事を考えていた。

隆史の事を好きに成ったのかも、もう少しでレイプされる寸前だったわ、気を付けようとその日から、痴漢撃退のブザーを持ち歩く様になった。

自分で言った通りに隆史は土曜日の夜、熟睡が出来なかった。

朝五時に目が覚めて五分毎に時計を見ていた。

こんなに時間が遅く感じたのは隆史には始めてだった。

静香がやって来たのは七時五分前だった。

車の音に隆史はマンションの外に直ぐさま出てきた。

静香は薄茶の七分袖のTシャツに白のパンツ、スニーカーで車から降りて「おはよう」と笑顔で言う。

「おはようございます」と笑顔で会釈をする隆史。

「運転してみる?」

「車の少ない場所なら」

「判った、富士山で運転変わろう」

シルバーの外車は高速道路を一路富士山に向かって走り出した。

「好天ね、行いが良いからかしら」と空を見て言った。

「きっと、そうです」

「昨日の警察、時間掛かりましたね」と取り調べの聞きとりの事を話した。

「ほんとね、こちらが加害者みたいでしたね」

「犯人は常習でしたね」

「レイプは殆ど申告しないみたいね」

「診断書とか、詳細を話さないといけないから、女性は辛いですよね」

「私は未遂でしたから話しは楽でしたが、レイプされたら思い出しても、耐えられないでしょうね」

「何も無くて良かったです」

「隆史さんのお陰です、感謝しています」そう言って右手で隆史の腕を掴んだ。


日曜日の早朝は快適に中央道を走る。

普段は渋滞で大変な道路も、今朝は静香達の為に空いている様に思えた。

「遊園地と富士山に行きましょうか?」

「遊園地ですか、もう随分昔ですね、小学生の時以来だ」と嬉しそうな隆史。

「この調子なら、遊園地は帰りですね、早く到着で開園前だわ」

普通は二時間で到着するのに、半時間も早く富士山近くまで来た。

「綺麗ですね」と美しい富士山の姿を初めて肉眼で見て感動の隆史。

「雲が無いから、よく見えますね」

遊園地の近くまで来ると前方に大きな富士山が見えて、隆史は食い入る様に見ていた。

河口湖ＩＣで高速を下りる。

「富士スバルラインで運転変わりましょう」

「えー、大丈夫かな？　左ハンドル始めてだから」の心配顔。

「大丈夫よ、車走ってないから」

左に寄って車を止めると、さっさと運転席を離れて助手席の扉を開いた。

仕方なく隆史は初めての外車の運転席に座った。

加速感がまるで異なる。

「上手よ、これなら安心よ、眠れるわ」そう言って目を閉じる。

「止めて下さいよ」隆史が言うと「冗談よ、見ていますよ、運転も隆史も！」と言って微笑む静香。

後部座席から水筒を取り出してコーヒーを入れて「飲める？」と差し出した。

朝からアイスコーヒーを作ってきたのだ。

化粧もしているし何時に起きたのだろう？

まさか？　僕と同じで眠れなかったのかな？　と考える隆史。

急に音が聞こえて「あっ、音楽が鳴っていますね」タイヤが道路の凹凸で音楽に成っているのだ。

「不思議な感覚ですね」

「何と云う音楽？」と静香が尋ねる。

「富士の山」

「頭を雲の～」口ずさむ静香も楽しそうだ。

こんな良い車に美人を乗せて富士山に来るなんて、信じられない、右手で隆史が頬を抓ってみた。

「あっ」

「何しているの？」と頬を摘む隆史を見て、尋ねた。

「夢じゃないかと、思って」

「何が？　富士山に来たこと？」と尋ねる静香。

「それと静香さんです」と言うと微笑む。

「でも金曜日に隆史さんが助けてくれなかったら、今頃どうなっていたか？」

「それは、忘れましょう、楽しみが半減しますから」

「そうね、ごめんなさい」隆史はこれがデートと云う事なのだ。

楽しい事だ、と思うと思わず微笑んでいた。

「嫌ね、思い出し笑いをして」

「静香さんと居たら楽しいから」

「この帽子お父様が買ってくれたのよ」後ろで束ねた髪の上に乗せた。

「親父のセンスだね、母も同じ様な帽子持っていましたよ」と話す。

「じゃあ、お母様と同じに見ているのかしら？」

「それは困りますね、静香さんをお母さんとは呼べないなあ」

「じゃあ、何て呼びたい？」と尋ねると「……」隆史は沈黙してしまった。

静香はしまったと思っていた！　まだ早かったか、暗くなった隆史に気遣う静香なのだ。

しばらくして五合目の駐車場に「着きました、駐車場に止めますね」昼まで時間が有るのに、
駐車場の半分は埋まっていた。

「止めやすい処に駐車してね」

「はい、左ハンドル不慣れで駐車これで良いですか？」

「充分よ、運転上手よ」

富士山はここからが本当の登山なのだが、流石に此処からは、登れない二人だった。

草木が此処から上には自生が無く、岩肌が露出している。

「小御嶽神社にお参りしましょうか？」

「はい」

駐車場から二人が歩く姿は、静香の背が高く、隆史が猫背に成っているので、静香の姿勢の良さが際立っていた。

乗馬の馬が数頭見えて「馬が有りますよ、観光用ですから、誰でも乗れますよ」と静香が言った。

「少し遠くまで行けますね」と乗りたそうに言う隆史。

「乗りましょうか?」

静香もパンツスタイルだから二人は馬に跨がった。

ゆっくり歩くので隆史にも問題は無かった。

登山ゲートを超えると里見平に「わー、綺麗」と遠くを見て声をあげた静香。

「山中湖も河口湖も見えますね」

素晴らしい眺めが好天で一望出来た。

馬は泉ヶ滝迄行って引き返してきた。

隆史の足ではとても行く事の出来ない場所に、馬は連れてってくれたのだ。

「今日は天気が良くて良かったね」と馬子が二人に「馬も喜んでいるよ、別嬪さん乗せて」ともう一人の馬子が静香を見ながら言う。

「東京から？」と尋ねる馬子。

「はい」と答える静香。

「お兄さん足悪いのか？」と隆史の姿を見て尋ねる馬子。

「いや、腰です」

「早く治さないと、子供出来ないよ」と笑った。

それを聞いて、静香は頬を赤くするのだった。

馬を下りて「お昼過ぎましたね、売店の中で軽く食べましょうか？」と歩いて行く。

「山菜そば、美味しそうですね」と二人揃って、そばとおにぎりの簡単な昼食を食べる。

食事が終わると「遊園地に行きましょう」静香は遊園地が好きなのか、自分が運転して下山して行った。

富士急ハイランドは沢山の人で、静香のお目当てのジェットコースターは行列だ。

仕方なく「あれに、乗りましょうと」ドドンパを指さした。

「怖そうですね、初めてですから」と不安な隆史が「大人しくお化け屋敷とかが」と言う。

「隆史さん、此処のお化け屋敷は半端じゃないのよ、私も一度も入った事なのよ、友達が怖くて駄目と言っていたから」と敬遠気味だ。

「それじゃ、両方行きましょう、私もこれは怖いから」とドドンパを指さす隆史。

「えー、ホラー病棟って書いてある、怖そうよ」と今度は静香が不安顔。

隆史はドドンパに並んで「仕方ない、両方行きますわ、レイプより怖くないでしょう」と笑えない冗談を言う静香。

そう言って微笑みながら並ぶ二人、係員が隆史を見て「大丈夫ですか?」と尋ねた。

腰を屈めた異様な姿を気遣ったのだ。

「怖いわよ」と脅かす静香。

「覚悟しています」と言う隆史の顔は不安で一杯だ。

動き始めると、僅かの間に時速百七十キロ以上に「きゃー、」「わあー」とか僅か八名が叫ぶが大声、直角に成ったとき「わあー」と全員が叫んだ。

外に投げ出されそうに成ったから、直角の上昇と下降のスリルが有り過ぎ、隆史は無口に成って下車したのだった。

「大丈夫?」と心配そうに尋ねる静香。

「何とか」とため息をついて言う隆史。

「楽しいでしょう?」と微笑む静香。

「そうかなあ、落ちそうに成る処が怖すぎです」

「怖いから、次は、パスで違うのに行きましょうか?」静香はお化け屋敷が苦手なのだ。

「駄目です」と隆史はいつの間にか静香の手を握って、ホラー病棟のアトラクションに向かっていた。

　静香も隆史の手を握り返していた。

第十三話　恋する隆史

　病院で亡くなった人の怨霊が、渦巻くと書いて有った。

「廃墟の病院だって、辞めましょう、私病院嫌いなのよ」静香は隆史の後に付いて、恐る恐る入っていった。

「これ長いみたいですね」と言う隆史。

「そうよ、戻ろう」と恐る恐る言う静香。

　手を離そうとすると「駄目、隆史さんと離れないからね」そう言って力を込めて掴むのだった。

　暗闇とは怖いもので目の不自由な人には見えない幽霊が、見えるのが不思議なのだ。

「きゃー」「わぁー」とか約一時間静香の恐がり様は半端ではなかった。

手から汗が伝わって隆史にしがみつく事が多く、わざとしているのではと思うほどだった。

隆史は怖いより静香が怖がる仕草が、可愛く思えて嬉しい一時だったが、流石の最後の明かりが全くない場所では隆史も戸惑った。

手探りに成ると静香は必死で隆史の服を掴んでいた。

「出口だ」外に出た静香の顔は安堵の表情に成った。

静香は「此処は、もう二度と辞めましょう」とため息混じりに言った。

「病院行けなくなりそうですね」と隆史が言う。

「特に夜は」と言いながら、外に出ても手を握って離さない静香なのだ。

静かな乗り物で休んでから帰途に「怖かったけれど、楽しかったわ」助手席でジュースを飲みながら静香は嬉しそうに言う。

「僕も初めての経験でした、楽しかったです、ありがとうございます」と隆史が言う。

「また、何処かに行きましょう」

「殆どの場所は行っていませんから、新鮮です」と嬉しそうな隆史だ。

「どんな場所に行きたい？」

「静香さんとなら何処でも行きたいです」と微笑む。

父豊の心配する状況が進んでいる様な感じだった。

隆史の心に静香への恋が大きく成りつつあった。

「隆史さん食事して帰りましょうか？」と言う静香。

夜の運転で東京都内は隆史の運転では危険だと考えて、サービスエリアに入る車、隆史も夜の大都会の運転には自信が無かった。

「運転……」二人が同時に同じ事を言って、そして笑い合っていた。

食事の後運転を代わって、隆史の緊張がようやく解けていた。

高級外車に左ハンドル、初めてのオンパレードだった。

女性とのデートがこんなに楽しいものなのか？　と改めて感じていた。

「何、ニヤニヤしているの？」静香に横顔を見られていた。

「正直に言いますと、女の人とこんな時間を過ごすの、生まれて初めてなのです」と言う隆史。

そんな事言われなくても知っているわ、と心では思っていたが「そうなの？　で緊張した？　楽しく無かったの？」と尋ねる静香。

「楽しかったですよ、勿論」と慌てて言う隆史。

「良かったわ、私も楽しかったわよ」

「ドライブ好きに成りました」と言う隆史。

「運転の練習にも成るから、近日中にまた行きましょう」

「本当ですか？」と嬉しそうな隆史。

「本当よ、何処が良いか考えて、私も探してみるね」

こうして隆史の生まれて初めてのデートは終わったのだった。

静香自身も男性と二人きりのドライブは数回しかなかった。

先日の父豊とのドライブとか、中々警戒心が強く、この様な行動に成らないのだ。


その夜姉の照子が「楽しそうね、お母さん心配して、今日も私に電話してきたわよ」と言った。

「何て？」

「静香が男性と付き合うのは、奇跡だから、相手の人を見つけたら連絡しなさい！　だって」と微笑む。

「そうなの、じゃあお店に彼連れて行こうかな」と平気で言う静香。

「えー、そんなに進んだの？」と驚く照子。

「まあね！　今日抱きついちゃったしね」と笑う静香。

「まあ、なんと、静香に奇跡が起こったのか」照子は大げさに驚いて見せた。

「良い人よ、今日それがよく判ったわ」

「私の真似はいけませんよ、お母様気絶しますからね！」

「大丈夫です、お酒も飲めませんから」と微笑む。

「えー、おこちゃま?」

「そう、ビールを舐めてね、苦い!　と叫ぶのよ」と嬉しそうに話す。

「笑いだ、おこちゃまよ、静香のレベルだ」と大笑いをして「あっ、お腹が痛い」と今度は叫ぶのだった。

「大丈夫?」と心配に成る静香。

「大丈夫よ、お腹の子供も笑っていたよ、顔が見たいよ、百八十センチ近い男がビールを舐めるのを」

「そんなに大きくないよ、百六十五無いと思うよ」と言う静香。

「えー、チビじゃないの、静香百七十だった?」と尋ねる。

「百六十八よ、ヒール履くと百七十五以上ね」と微笑む。

「蚤のカップル、お子様サイズだね」と笑う照代。

「人は顔とか、体型じゃないのよ、性格よ、彼は性格良いし純粋よ」と強く言う。

「まあまあ、静香が惚れるのは初めてだからね、二十三年だっけ、過去に無い事件だからね、お母様も気が気でないのよ」

「そうですね、お姉様は惚れやすく、惚れられやすいからね」と静香が微笑む。

姉照子の方が百六十三センチと静香より背が低い、でも体重は変わらないから、多少横に出ているのか？

顔もスタイルも静香が断然綺麗、照子も一人なら綺麗部類だが、静香と一緒だと見劣りするから、照子は成るべく一緒に行動しなかった。

それが照子に男性が近づいて来る原因だったのかも、昔雑誌に掲載された時は問い合わせが大変だった。

静香はまだ少女の面影が残っていたが、照子は大人の女性だったからだ。

その姉は今年二十九歳、今は静香が綺麗の頂点かも知れなかった。

「お母様が一度会いたいと今日も電話で言っていたわよ」

照子が言うと「一度店に連れて行って、気絶させてあげようかしら」静香はそう言って笑った。

「気絶する程の美男子？」

「心が美男子かも？」と言うと、静香は自分の部屋に向かった。

母の照代と父の三郎は本店の近くの自宅に住んで、娘二人が目黒のマンションに住んでいた。

照代は、お父さんが娘を甘やかして、マンションを買い与えるから、照子が妊娠するのだと怒ったのだった。

姉妹で住んでいると大丈夫だろうと考えていたが結果は大失敗だったのだ。

健康で綺麗な静香に彼氏が出来て、身体の弱い照子には彼氏が少ないが普通なのに、正反対で照子は昔から彼氏は多かった。

判らないものであった。

静香は自分の部屋で、静岡に行く予定を考えていた。

でも自宅に行って奥様にご主人の子供の話を出来ない。

奥様に内緒で会う方法を考えなければ、取り敢えず電話を明日にでも掛けるしかないか、静香はそう考えたのだった。


翌日「もしもし、金子さんのお宅ですか？」と電話をした。

「はい、金子ですけど、初めての声ね」女は怒った様に言うのだった。

「一樹さん、いらっしゃいますか？」

「一樹さん？　また新顔の女かい？」と怒った様に言う。

「えー、私知らないのですが？」

「知らない女が何か用、保険か？」荒っぽい喋り方で、静香の予想を超えていた。

「あの？」と言いかけると「亭主はまた、女を捜して出て行ったよ」と投げやりに言う。

「あの？　どう言う事ですか？」

「日本各地に女が居るらしいよ、現場毎にね」

「そうなのですか？」

「まあ、お金だけは振り込みで入るから良いけれど、色男を旦那に持つと辛いよ」と笑う。

「今はどちらの現場に」

「兄の近くの現場だから、日生にでも行ったのかも」と話す。

「そうですか？」

「お金なんて払わないよ、うちの亭主に惚れた方が悪いのだよ」

「ありがとうございました」と電話を切ったが、相当の遊び人だと思う。

現場に出る度に女を作って遊んでいるのね。

奥様も大変ね、でも一応、本人に会わなければ仕方ないわね。

日生か、豊さんに会えるわ、来週の土日に予定を、日生の岡田さんに電話して来週の日曜の約束を兄嫁にするのだった。

もし無理なら連絡をくれる様にもお願いしたのだった。

静香は経緯を豊に電話して、来週一緒に日生まで同行を頼んだのだった。

前日の土曜日から行って、また富田の家に泊まる事に成った。

それは静香自身が願ったからかも知れなかった。


姉のお腹は大きく成って、もう産むしか方法は無かった。

静岡の嫁の話では、とても良い人には思えなかった。

どうすれば良いのだろう、静香の悩みは増すばかりだった。


翌日、隆史のマンションに行った静香は「次回は、泳ぎに行く?」と隆史に尋ねる。

「泳げるかな?」と考える隆史。

「そうか、残念ね、私の水着姿見られたのに」と笑う静香。

「はい、残念」と言う隆史。

「じゃあ、伊豆の修善寺に行きましょうか?」

「何処も行った事無いから、静香さんとなら何処でも良いけれど、水着も良いなあ」と本気か冗談か判らない様に言う。

「変な想像しないでよ」隆史の肩を叩いた。

「私ね、来週お父様とまたデートするのよ」

「また、関西に行くのですか?」

「姉の彼氏が見つかったのよ」

「良かったですね」

「それが、良くないのよ」

「何故?」

「奥さんが居るのよ」

「不倫ですか?」

「そうなりますね」そう言って困惑顔に成る静香だった。

隆史には何でも話せる安心感が嬉しかった。

第十四話　種なしスイカ

土曜日の四時過ぎの新幹線で静香は西に向かっていた。

窓から富士山が綺麗に見えて、遠くから見ればあんなに綺麗に見えるのに、近くはゴツゴツとした山肌だ。

人も近くで見るのと遠くから見るのではまるで異なって見えるわね。

隆史もその一人よね、そう思いながら富士山での出来事、ホラー屋敷の事を思い出して、含み笑いをしていた。

静香が座っていると隣に「此処いいですか?」と中年の紳士が腰掛けた。

時々座席は空きが有るのに隣に座る変な奴が、今日も同じだわ、嫌ねと思っていると「伊藤さんですよね」と突然話しかけられた。

「えー、そうですが、何方様でしょうか?」と急に名前を言われて驚いた。

「以前に一度お会いしました、三俣です」と紳士が挨拶をした。

「三俣さん、ですか?　覚えてないのですが?　すみません」と申し訳なさそうに謝る静香。

「お姉さんと一緒に食事を」

そう言われて、以前姉が紹介と言うか、一度会って欲しいと言われて会った記憶が蘇った。

付き合っていたらしいが、姉は年齢の違いで父に反対されそうだから、彼を鑑定して欲しいと頼まれて、食事に銀座まで行ったのだった。

結局「歳はともかく、良さそうな人よ」と答えたら、しばらくして「もう良いの、別れたから」と言われて、何だったの時間の無駄よ、と腹が立ったのだった。

静香は微笑みながら「よく判りましたね、その節はご馳走さまでした」と軽く会釈をした。

「伊藤さんの様な、美しい方は一度みたら忘れませんよ、大阪ですか？」と尋ねた。

「いえ、姫路です」

「お姉さんは元気ですか？」

「はい元気にしていますわ」

「三ヵ月前にお姉さんと別れたのですが、詰まらない喧嘩でね」

「そうだったのですね、食事の後直ぐですね」

「妹さんが綺麗ですね、と言ってから機嫌が悪くなりましてね」

「あら」と驚く静香。

「事実ですけれど、そう言った私が馬鹿でした、歳が離れているのに、喧嘩に成ってしまって」

「大阪にお仕事で？」

「逆ですよ、帰りですよ」

「存じませんでした」

「大阪で小さな会社をしていましてね、東京には時々仕事で行くのですよ」

「それで、姉とお知り合いに」

「そうです、二年も付き合っても別れるのは一瞬ですよ」

「五十歳を過ぎると一人は疲れますよ」

「御家族の方は？」

「妻は若くに死に別れで、娘が一人居るのですが、もう結婚しましてね、今では私は一人ですよ」そう言われて富田豊を思い出していた。

丁度同じ位の年齢で境遇も似ている。

違うのは豊さんには隆史さんと云う、身体の悪い子供がいる事で将来に不安が有る事、三俣さんは社長で娘さんは結婚している。

同じなのは年齢だけね。

「もうすぐ、私もお爺さんですよ、子供が二十歳で結婚しましたからね」と微笑む。

「おめでとうございます」

「そうだ、名刺を忘れていました」と差し出した。

三俣製作所、代表取締役　三俣郁夫と書かれて有った。

「それでは私は、お元気で」そう言って異なる席に移って行った。


夕方（田山）は常連客のオンパレードで賑やかだった。

坂田、野間、馬場、増田と従業員の新垣真理、山本、そして富田が揃って、野球の話から芸能ニュースまで幅広い話題で賑わっていた。

パートの貴子、繁、好子の三人も一緒に話に加わるから、誰が商売をしているのか判らない。

格子が開いて静香が入って来たのはその時だった。

「こんばんは」そう言ったら全員が静かに成って、一斉に静香を見たのだった。

入り口に近いL字のカウンターに座って、勿論隣に富田が居た。

「これ、皆様で毎度自家の物なのですが、冷菓でお召し上がり下さい」と好子に袋を差し出した。

「まいど、まいど、すみません」と言いながら受け取ると、繁が「氷の処に入れたら、直ぐ冷える」そう言って箱から取り出して冷やすのだった。

「幸子さんありがとうございました、お陰様で判りました」と静香が幸子にお礼を言った。

「ええ、良かったわね」とまずい話になるの？　と言った目で見たので、察した静香は話を止めるのだった。

半袖の水色のブラウスに白のスカートにサンダルと夏の服装、胸のブラが見えそうで見えない薄着で「生ビール下さい」と言う。

「夏ですね、女性のスタイルがよく判る夏」と繁が上機嫌でジョッキを持って静香に手渡した。

「サラブレットと農耕馬だね」とまた繁が静香の服装を上からのぞき込む様に言った。

「誰が農耕馬よ」と貴子が怒る。

「そうよ」

「そうよ」と好子、貴子、幸子が一斉に言う。

「まあ、馬には変わりない」と笑う繁。

「大将ヒドイ」と言って貴子が「増田さんどう思う」と助けを求めた。

「作りが少し違うだけよ」と答えると「なんと、言うか」と怒ってみせる貴子だった。

「金子さんも岡田さんも同じ人だったのですよ」と静香が言うと「同一人物なの?」幸子が驚く。

「金子さんって確か子供居ないって話していたね」好子が言う。

「種なしスイカ、だって言っていたよ」貴子が笑いながら言った。

その時静香の顔色が変わって「えー」と言うと、小声で「何か変ですね」と豊が言う。

「あの方、色々知ってらっしゃるみたいですね」と小声に成る静香。

「金子さんと関係が有ったのでしょう、私も気を使って言わなかったのですがね」と豊も小声で言う。

「相当な遊び人ですね」

「はい、此処でも二名、ですよね」

「これだけ、人居たら話せませんね」

「はい、飲んで食べましょう」小声の話が終わって「筋こんにゃく、お好み焼き、明太玉子、下さい」と静香が注文をした。

「小皿も」と豊が付け加える。

もう少し前から飲んでいる豊が「焼酎のロック」と叫ぶ。

不意に「伊藤さん、エステとか行かれます？」と真理が尋ねた。

元美容部員は静香の美しさに興味が有ったのだ。

「殆ど行きませんよ、お友達に誘われた時に行く程度です」と答える静香。

「髪も綺麗ですね、月に何度か美容院ですか？」

「たまたま、昨日行きました、少し黒くしましたの」と答えた。

確かに黒くて艶が有る髪に変わっていた。

「元が違うのよ、諦めなさい」と増田が真理に言う。

「そうね、元美容部員としては気に成りまして」と真理が謝るように言った。

「お待ちどうさま」貴子が筋こんにゃくと取り皿を持参した。

「此処の筋コン、美味しいよ」豊が静香に勧めて、一口食べて「美味しいですね」と言うと「そりゃ、私の傑作ですから」と繁が嬉しそうに言うのだった。

店の誰もが帰らない、何故か幸子も時間が過ぎているのに、全員が静香の行動と言葉に注目しているのだった。

結局、静香と豊が店を出てから自然と帰って行った。

それ程、綺麗で雰囲気を醸し出していたのだ。

一言でも話がしたいが伝わって、静香もみんなの質問に答えていた。

「綺麗だけじゃなくて、優しい感じがいいわね」と好子が「高くないしね」と褒める。

貴子が「しまった、お菓子食べるの、忘れた」そう言って繁が冷蔵庫から取り出して、三人が並んで、漫画の様に「美味しいね」とスプーンを動かしていた。


帰りの道で「金子さんの話本当かしら?」と豊に尋ねる。

「貴ちゃんが嘘は言わないだろう、金子さんから聞いたのだろう」

「貴子さんに金子さんが、本当の事を話しているかが判らないですね」

「でも子供が出来ない話、冗談では言わないでしょう」

「じゃあ、姉のお腹の子供は?」静香が考える様に言う。

「ですよね」

「明日判るけれど、もし本当に種なしなら、困りますね」

「お姉さんに聞く以外方法はないですよ」

「今日は暑かったから、汗出たでしょう」

「そうですね、シャワー浴びたいですね」そう言って豊の自宅に向かった。

翌朝「今日は姫路のお城見に行きませんか?」と豊が話す。

「赤穂のお城とは大きさが違いますよね」

「国宝で世界遺産ですからね、日生から時間が有れば午後行きましょう」

「十時に金子さんに会いますから、午後は多分時間空きますね」

しばらくして二人は日生に向かって車を走らせた。

夏の日差しが照りつけるので、静香は先日、豊が買った帽子を被っていた。

約束の五分前にチャイムを鳴らすと、待っていたのか、体格の良い男が出てきた。

静香を見ると急に態度が変わって「電話のお嬢さん?」と好奇心の顔に成る。

「はい伊藤照子の妹の静香です」と会釈をして挨拶をした。

「友人の富田です」と豊も挨拶をした。

「上がって下さい」と応接間らしき場所に通されて「早速ですが、単刀直入に言いますと、姉に子供が出来たのです」と切り出した。

「それで、私の処に?」と驚く様に言う。

「はい」

「確かに、酔っ払って一度だけ関係は有りましたが、私の子供が出来る訳無いのですよ、無精子症なのですから」と説明した。

「やはり、本当だったのですね」

「誰かに聞いたのか?」と不思議そうに聞いた。

「貴子さんに」と豊が答えた。

しばらく考えて「背の低い女だったよな、良い声出していたよ、覚えているよ」と笑いながら思い出す。

静香が失礼な、と言う顔をすると「妹の方が相当美人だな」と静香の顔を見ながら言った。

「沢山彼女居るのですね」

「現場、現場が長いから、作らないと、寂しいじゃないですか」と金子が言う。

「姉は貴方の子供だと思って、産むつもりですわ」と静香が話す。

「そう言われてもどうしょうもないよ、それより本当の父親探した方が良いよ、帰りな、遠い処ご苦労さん」と馬鹿にした様に言う金子。

そう言われて静香も豊も唖然として立ち去ったのだった。

第十五話　照子の相手

「振り出しですね」と溜め息をつく豊。

「そうですね、貴子さんの話本当でしたね」

日生の海も今日は静香の心の様に波が荒かった。

「東京で姉に聞いてみますね、姫路城見学して帰りますわ」と諦めた様に言う静香。

「今、平成の大改修をしていますから、先日から覆いが外されているのですよ」

「終わったら、綺麗でしょうね」

姉は姉、私も楽しまなければ、豊さんとのデートをと思って、静香は富田親子が好きだった。

病気の子供を心配する父親の顔も、優しい親切な男としての顔も、運転中の横顔を見ていると「顔に何か着いていますか？」と微笑む豊。

「いいえ、寂しさと心配が付いていますよ」と微笑む。

「富士山楽しかったと、先日隆史が電話で言っていました、ありがとうございました、言い難いのですが、貴女の事をどうやら、好きに成った様ですよ、困りました」と話す豊。

「困りませんわ、私も隆史さんの事好きですから」と微笑みながら言う静香。

豊が「えー」驚いて思わず静香の顔を見た。

「痴漢の話、聞かれました？」と静香が話を変えた。

「知りません」

「私が痴漢に襲われたのを助けてくれたのですよ」

「あの身体でよく勝てましたね」

「フライパンで叩いたみたいです」と静香が話すと、豊は大笑いをした。

「でも私ね、好きな人がもう一人出来たのですよ」と言う静香は含み笑い。

「じゃあ、隆史は？」と心配顔の豊。

そこで会話が途切れて「……」沈黙の時間が経過して、前方に姫路城が見えて「あれですよ、もう殆ど完成でしょう」と指を指した。

「わあー綺麗ですね」と静香は身を乗り出した。

「白鷺城って別名が有る位、白鷺が羽根を広げた様に美しいでしょう」

「ほんとに綺麗ですね、工事の機材が無くなったら完成ですね」


車を降りて、二人は大手門から二の丸公園に入った。

「今は城に入れませんね」

「足場の撤去をしているからね、あの足場の位置なら隣の好古園から見れば綺麗かも知れませんよ」

「じゃあ、行きたいです」

好古園は姫路城を借景にした本格的な日本庭園で、テレビのロケでもよく使われていた。

庭園の広さは約一万坪で錦鯉の泳ぐ池、茶室がある。

姫路城西の丸の原生林との調和が、上手に歴史観を盛り上げた優美な庭園の趣に成ってい
る。

いつの間にか静香は豊と腕を組んで歩いていた。

静香は「お父さんと娘みたいでしょう」そう言って甘える仕草をするのだった。

静香には父三郎の愛に飢えていたのかも、両親は仕事で朝早くから夜遅くまで留守が多く、姉妹は親の愛に幼い時から疎遠に成っていた。

静香の子供の頃から、母の照代はデパートの店舗の運営に尽力する日々、父は本店の製造と運営に日夜頑張っていた。

照子も中年の男性に、そして静香も中年の男性に、心の中では興味が有ったのかも知れなかった。

豊が「アイスティでも飲みませんか?」と誘って、好古園の喫茶室で、城を眺めながら飲むお茶は格別の味がした。

「何時の新幹線で帰りますか？」

「のぞみ、なら三時間ですよね」

「早いですね」

「じゃあ、もう少し」

明日姉に聞かなければ、岡田さん以外の男性の事を、でも今日は豊さんとゆっくりしたい、そう考える静香だった。


昨夜は結局のぞみの最終で東京に帰った静香だった。

豊と食事をして八時台の新幹線に乗った。

豊と一緒に居たら気持ちの安らぎを感じるのだ。

隆史と居る時の自分とは、また異なる気持ちが静香を複雑な気持ちにしていたのだった。

静香が目覚めた時、姉の照子は店に出掛けて留守、今日は習字教室に行ってから、お母様の処に報告に行く。

取り敢えず岡田さんとの子供では無いと報告しなければ「眠い」そう言って、また布団に入った。

夕方デパートの売り場を訪れた静香に「待っていたのよ、お茶に行こう」そう言って母照代は静香を伴って喫茶店に行く。

「どうなのよ」といきなり尋ねる照代。

「どうって？　お姉さん？」

「違うわよ、貴女の彼氏の事よ」と尋ねる。

「ああ、順調よ」と微笑む。

「どんな人よ？」

「そうね、出版関係よ」

「辞められるの？」といきなり尋ねる照代。

「えー、何故？」と驚く静香。

「勿論、(雨月)を継いで貰えるかって事よ」

「そこまで、進んでないわよ」と笑う。

「嘘、抱き合ったって聞いたわよ」

「それ、お姉様ね、お喋り、なのだから」と怒る様に言う。

「貴女が抱き合うなんて、もう決まったみたいなものよ」

「そんな事ないかもよ、別の彼とは腕を組んだわよ」

「別の彼って？　二人も付き合っているの？」と信じられないと云う顔の照代。

「いけない？」と尋ねる顔は笑っている。

「照子なら判るけれど、静香が、それは無いでしょう、キスもしてない子が」

「大きい声で言わないでよ、恥ずかしいじゃあないの」と慌てて、唇に人差し指をあてる。

「二股って信じられないわよ」照代は心配顔で話す。

「二人共好きよ、年寄りと病人どちらが？　……」と言いかけて止めた。

「貴女の結婚相手に？　年寄り？　病人？　何それ？」と驚く。

「究極の選択よ」

「何言っているの？　（雨月）継げない人は駄目よ」

「お姉様がいるじゃないの？」

「父親の判らない子供が、後継げるの？」と怒る。

「お母様、声が大きい」と再び唇に指を持っていく。

「本家から継承して、分家の私達がお爺さまの後を継いで守ってきたのよ、江戸時代からの店よ」

「判っているわよ、あの岡田さんってお姉様の相手、父親では無かったのよ」と話す静香。

「えー」照代が大声を、客が二人を見た。

「恥ずかしいじゃないの、大声出さないでよ」

「だって、貴女がお父様に頼まれて探していたのでしょう」

「だって、岡田さん子供作れない身体なのよ」

「えー」また照代が大声をあげた。

静香が廻りに会釈で謝る仕草をしたのだった。

「じゃあ、誰よ？　父親？」

「知りません、お姉様しか判りませんから」

「照子、だらしないのね、静香とミックスで丁度だね」

「だから、今晩でも聞いてみます」

「それは、任せたわ、貴女の彼氏も心配よ、年寄りも病人も駄目ですよ、見合い話も有ったけれど、一度位してよ」と頼む様に言う。

「嫌よ」

「知り合いが持って来る人、条件最高なのに」

「嫌よ、結婚相手は自分で選ぶから」

「そんなところだけ、頑固ね」

「本店人足りているの？」

「職人さん?」

「今はね、職人で静香の婿は居ないね、本当は理想なのだけれどね」

「もし、働きたい人いたら、一人位雇える?」

「そりゃあ、大丈夫だけれどね」

「障害者に近い人なのだけれど、無理かな?」

「障害者?」

「ボランティアでね」と言う静香に「ああ、知っているよ、静香、最近ボランティアしているのかい?」と尋ねる。

「ええ、まあ」

「それなら、協力しないとね、障害者は可哀想だからね」

「そうでしょう」

「若い人かい?」

「二歳上よ」

「その年なら覚えられるよ」

「照子の事頼むよ、それと彼氏連れて来なさいよ」

「はい」静香は隆史の将来を考えていた。

今の出版社での仕事では将来は多分無いだろう、隆史と一緒に成るなら（雨月）を継いで貰わなければ、と言われたので思いついたのだ。

長時間の立ち仕事、重い物は持てないだろうが、それ以外なら出来るかも、と考えていた。

伊豆に行く時に打診してみようと考える静香。


その夜姉照子が帰ると「お姉様、岡田さんに会ってきたわよ」と言う。

「探してくれたのね」

「お姉様、びっくりしないで聞いてね、岡田さんって病気なのよ」

「えー、大病していたの？　丈夫そうだったのに」

「違うわよ、子供の作れない身体なのよ、だからお姉様の子供の父親ではないのよ」

「えー、それ本当なの？」と驚く照子。

「本当よ、でもあの岡田さんで無くて良かったわ」

「何故よ？」

「彼女一杯居たし、奥様も」

「その様な気がしていたのよね、酔って関係はしてしまったけれど、正気の時は一度も好きって態度、無かったわよ」

「そんな問題では無いでしょう」と怒る静香。

「まあ」

「お姉様、父親は誰なの？　心当たり有るでしょう」

　暫く考えて「一人だけね」と言う。

「誰よ、一人で充分でしょう」

　照子は「社長さんかな？」と惚けた様に言った。

　静香は新幹線を思い出していた。

「三俣さんね」と言うと「静香何故？　知っているの？」と驚く照子。

「お見通しよ」と鼻高々に成る静香。

「歳が離れているから、内緒にしていたのに」

「恐れ入ったか、お姉様」と威張った様に言うと「探偵より怖い妹だわ」と驚いてしまった照子。

「だから、お腹の子供は三俣さんよ、仲直りしなさいよ、良い方じゃないの」

「えー、静香もう三俣さんに会ったの？」と再び驚く照子。

「へへへ、名探偵ですから」と笑うと「ますます、怖いわ」と怯えた顔に成る。

「娘さんも子供出来るし」

「何で～私の知らない事、沢山知っているのよ、ますます怖いわ」と言うが、照子も安心したのか、笑顔に成っていた。

父親の年齢に近い男性を好きに成るのは姉妹共同じだった。

翌日、照子が三俣に電話を掛けたのは、当然の結果だった。

三俣は孫と自分の子供が同時に出来る事に驚いたが、照子の身体の事も聞いたので、近日中に東京に来て両親に正式にお話をする事に成ったのだった。

静香は母の照代に事の次第を打ち明けて、許して貰える様に説得したのだ。

第十六話　修善寺のデート

照子の意志と身体を考えて、父三郎は自分と変わらない年齢の、三俣との結婚を許可したのだった。

父親の判らない子供を産むより、社長夫人の方が良いのは決まっていたから、娘と別れるのは辛いが、仕方がないと思ったのだ。

日曜日の朝、富士山の時と同じ七時に、静香は隆史のマンションに迎えに来た。

マンションから出て、待っている隆史の前に止めると「此処から運転してみて」そう言ってさっさと助手席に乗り込むのだった。

「練習よ、頑張れ」と笑顔で言う。

隆史は渋々運転席に、夏の朝の朝日に向かって、首都高速から東名高速に向かった。

「車少ないから運転楽です」と運転を始めて嬉しそう。

「修善寺に美味しいそばのお店が有るのよ、お昼はそこにしましょう」

「お姉さんの事、解決して良かったですね」

「ええ、まあ、来週、お墓参りに帰るのよね」と曖昧な返事。

「はい」

「一緒に行っても良いかな?」と急に言い出した。

「どうして?」

「姉の事で色々お世話に成ったから、お礼と隆史さんも一人だと寂しいでしょう、だからよ」

と微笑みながら言う静香。

「それは、有り難いです、移動も楽しい、でも三～四日実家に居る予定だから、片道だけですね」

と隆史が言う。

「じゃあ、私もそうするかな」

「そんなに、長く?」と驚く。

「何処かに行こうよ」と強請静香。

「関西で?」

「隆史さんの家に泊まるから」

「また、泊まるのですか?」と驚く。

「次回はパジャマ持って行くから」と言う静香。

「そんな問題では、ないかと思いますが」と言うと「決めた」と自分で納得する静香だった。

「海老名のサービスエリアで運転交代しましょう」車が止まると、静香は急いで何処かに行った。

しばらくして「これ美味しいのよ、メロンパンよ」と紙袋を持って帰って来た。

「有名なのですか?」と不思議そうに尋ねる。

「そうよ、はい」と言ってアイスコーヒーの缶を手渡した。

「大きいから半分よ」そう言ってメロンパンを半分に割って「はい、美味しいわよ」と手渡した。

「変わっていますね、これ」

「クッキーみたいな、皮でしょう」

「何でも知っていますね、僕は何処にも行かないから、何も知りません」

「これから、色々行けますね」と励ます様に言う。

「はい、静香さんとなら行けそうです」と嬉しそうな隆史。

「今の仕事の事なのだけれど」

「出版社ですか？」

「楽しいの？」

「いえ、でも今の私を雇ってくれる会社なんて有りませんよ」

「何日休んでいるの？」

「月に二日ですね、具合が悪いと増えますが」

「二日は確定ね」

「一泊で点滴をするのです」

「透析みたいね、実は実家の工場で働かないかなって思ったの」と考えながら言葉を選んでいる様に言った。

「和菓子屋さんで？」と尋ねる隆史。

「嫌？」と不安な顔で尋ねる。

「僕で勤まるかな?」

「一度体験してみたら?」

「そうですね、それでも良いのなら」と笑顔に戻る。

「父に話してみるわ」と静香も笑顔に成った。

「力仕事と長時間の立つ仕事は無理ですよ」

安心したのか静香は「行きましょう」そう言ってから車は発進して行った。


運転しながら途中で今の出版社の給与を聞いて、静香は隆史の生活の苦しさが身にしみて感じていた。

家賃と光熱費で何も残らない、臨時だからボーナスも無い、豊が家賃と治療費を負担しているから、何とか生活が出来るのだ。

豊が退職したらどうするのだろう?

後十年程で隆史の病も進行が止まるから治療費は要らないが、もし私が居なければ、何の遊びも無くあの部屋で治療が終わる四十歳迄過ごすのか?　そう考えていると静香は涙で目が霞んできた。

急に「変わって、運転できない」そう言ってコーヒーパーキングに車を入れていた。

「早いですね、少ししか運転していませんよ」と不思議そうに言った。

車を降りて静香はトイレに駆け込んだ。

涙が溢れて、余りにも惨い生活だ。

十六歳から四十歳迄の人生の一番良い時を、牢獄で暮らす様で、しばらく涙が止まらなかった。


隆史はお腹が痛かったのだと思っていた。

しばらくして「お待たせ」と作り笑顔で帰って来た。

「大丈夫ですか？」と心配そうな隆史。

「はい」と笑顔を見せる。

「隆史さんは海外も行ってないですよね」と知っていながら尋ねる。

「ハハハ、海外は無いけれど、子供の時は毎年三人で旅行に行きましたよ、これから行く修善寺の近くの大仁温泉にも」と言った。

「えー、遠い所迄来たのね」

「親父は運転疲れたと言っていました、正月だから渋滞で大変だとね」

しばらくして昔話をしていると、修善寺温泉に到着した。

桂川に架かる朱塗りの橋で「あそこにね、足湯が有るのよ」と指をさす。

「何人か居ますね」

「暑いけれど行きますか?」

車を駐車場に止めて、川の中央の岩場に屋根の着いた足湯が在る。

女子高生位の二人が「ロケ有るのですか?」と尋ねた。

不思議に思って「何?」と隆史が答えると「俳優さんでしょう」と聞かれたのだった。

「違いますよ」と答えると「すみません、綺麗から」と高校生が照れ笑いをした。

サンダルを脱いで足を湯に浸けると「顔の綺麗な人って足も綺麗ですね」高校生が静香の足を見て言った。

成るほど一緒に入っている三人の足の中でも、一際綺麗な足だった。

言われて「そうかしら」と静香は微笑んだ。

隆史はみんなが羨む程の女性とデートしていると思うと、誇らしく思えたのだった。

弘法大師を開祖としている修禅寺にお参りして、静香は何をお願いしていたのか長い時間、手を合わせていた。

川の両岸には純和風の木造の老舗旅館が風情たっぷり、竹林の小道は茶店やギャラリーが有る。
その一角に風情の有るそば処が在った。
有名な政治家の先生も訪れたのか、写真が飾って有った。
広い畳の部屋に幾つかの机が並び、普通のそば屋と趣が変わっていた。
「中々でしょう」と言う静香。
「そうですね、雰囲気が違いますね」と見まわして言う隆史。
その部屋の人達が知り合いの様な気分に成るのが不思議だった。
「一枚いいですか?」と金髪の男性が静香にカメラを向けた。
隆史が「いいえ」と言う前にシャッターを切っていた。
美人は何処の国でも同じなのだ。
しばらくしてざるそばと天ぷらが運ばれてきた。
「隆史さん運転まかせてもいい?」と不意に言う静香。
「暑いから?　飲みたいの?」
静香は「でもノンアルコールにしよう」そう言って注文した。
隆史は何故あんなに苦い物を美味しそうに飲むのか理解出来なかった。
そばを食べながら静香が「中々美味しいでしょう」と尋ねる。

「ひと味違いますね」

「東京からわざわざ食べに来る人もいるのよ」と説明をする静香だ。

食べ終わると、そば屋を後にして「虹の郷に行きましょう」と静香が言った。

「ナビをセットすれば行けるわ」

「静香さんは行ったのですか？」

「いいえ、初めてよ」と微笑む。

しばらくするとクーラーの心地よい風が車内に充満して、外の暑さを忘れさせてくれた。

僅かな距離で広大な広さの様々な趣の異なるエリアに別れた公園が、集まった場所で、日本庭園、シャクナゲの森、花菖蒲が咲き乱れている。

イギリスの風景をしたイギリス村、それ以外にカナダ村、伊豆の村、と各地の風情が凝縮されていた。

伝統工芸の学べる場所、園内にはミニＳＬが走っていて、ロムニー鉄道と言い、二人はそれに乗って見学をした。

「夏の観光地ではないですね」と汗を拭きながら言う。

静香も「確かに、暑いですね」タオルと麦わら帽子のスタイルに変わっていた。

「春とか秋が良さそうです」

「ジュースを飲むと汗が出るしね」

「景色は良いのですが、あそこに入りたいです」

子供が水しぶきの中で遊んでいる光景が羨ましく感じた。

「水しぶき公園だって」

「子供に成りたいです」

涼しい場所を探して、鉄道模型の15インチゲージレイルウェイミュージアム、イギリスの鉄道やHOゲージの本格的なジオラマ、鉄道のアンティークグッズが展示されていた。

トーイミュージアムには懐かしいおもちゃ、テディベアには静香が「可愛いね」と喜ぶのだ。

色々な屋台のお店があって、鮎の塩焼きを二人でかぶった。

「これは、大きい、美味しい」と食べる。

「ほんとにデカイですね」と言いながら、大きな口を開けて齧る静香の姿を隆史が携帯のカメラで撮影をした。

「嫌―ね、変な写真撮影しないでよ」と怒るのだったが目は笑っていた。

「飲み物何杯飲んだかな?」

「判りませんね、汗も凄いです」

「本当に水浴びしたいですね」

二人の話を聞いた屋台の店主が、目の前を散水してくれた。

一時の涼風が「気持ち良い」と静香が叫ぶと、店主は「別嬪さんの為にサービス」と言って上に向けて放水したら、風に乗って自分が濡れて「わあー」と逃げ出したのだ。

「あそこに、かき氷有りますよ」と指をさす。

「美味しそう食べましょう」

今度は違う屋台でかき氷を食べる二人だ。

楽しい時間は瞬く間に過ぎて、辺りに木の影が長く成って「そろそろ、帰りましょうか?」と言う。

「そうですね、夕方は高速混みますからね」

シルバーの外車が颯爽と虹の郷を後にしたのだ。

第十七話　墓参り

数日後「お父様、静香です」と言って本店の社長室に姿を現した。

隆史を伴って「元気そうだね、照子の事では大変だったね」と労う父。

「ほんとうよ、振り回されたわ」と大袈裟に言う静香。

「かあさんから聞いているよ、ボランティアしているらしいな、感心じゃないか」

「はい、連れて来ているのよ、働けるか見てあげて」

「そりゃ、いいけれど、腰が悪いとか」

「そうなのよ、難病なのよ」

「それは大変だね、今は機械が作業はするから、コツさえ覚えれば大丈夫だよ」

「じゃあ、呼ぶね」そう言って静香は出て、隆史を伴って戻って来た。

腰の曲がった隆史を怪訝な顔で見る父。

「富田隆史さんです」と紹介をした。

「富田隆史ですよろしく、いつも静香さんにはお世話に成っています」とお辞儀をして挨拶した。

「腰が悪いのだって」と尋ねる父。

「はい、高校の時から悪く成りまして、今も治療中なのです」

「そう、大変だね、今日は作業終わっているから、暇な日に朝早く来なさい、そうすれば作業が見られるからね」

「隆史さん、また朝早く来れば」と静香が付け加える。

「富田君、外で待っていてくれないか？　娘に話が有るから」と父が言った。

「はい」隆史は会釈して出て行った。

「静香、彼氏なのか？」と怪訝な顔で尋ねる。

静香が「お父さん鋭いわね」と微笑む。

「いい人みたいだが、あの身体では仕事は難しいかもな」

「もしも、結婚したいと言ったらどうする？」と微笑みながら言う静香。

「悪い冗談だろう、賢い静香なら判るだろう」と怖い顔で言う。

「お父様も彼をもっと見れば判るわ」と微笑みながら言う。

「もし、そこそこ、働けたら給与を普通にあげて欲しいの、今の仕事では生活も出来ないのよ」

と頼み込む。

「今の仕事は何をしているのだね」

「出版の校正をしているわ」

「あの身体だと、その仕事位だろうな」と納得した様に言う。

「東京都しか補助が無いから、一人で来て住んでいるのよ、地元なら月に治療代二十万だって」

「普通のサラリーマンに月二十万の治療費は無理だな」

「お母さんが看病で東京に来ていたのだけれど、二重生活の苦労で心臓病で亡くなったのだって」

「不幸が重なるのだな、判った！　でも深入りはしては駄目だよ」と念を押す様に言う。

三郎は可愛そうだとは思ったが、静香の事が心配だった、
哀れみだけでは生きては行けないからだ。

「じゃあ、よろしくお願いね！」そう言って社長室を後にした。

別の部屋に待っていた隆史に「お待ちどうさま、帰りましょう」と一緒に会社を出て行った。

「すみませんでした、お父さんの印象は良くなかったでしょう？」と心配そうに尋ねる。

「判らないわ」とはぐらかす静香。

「近日中に見学に来ますよ」

静香が「頑張って」そう言って車を母のデパートに向けたのだった。


しばらくしてデパートを「こんにちは」と軽く会釈をしながら、隆史を伴って歩く静香だ。

客も店員も背の低い隆史の歩く姿と、颯爽と歩く静香のアンバランスに唖然としていた。

「お母様、彼連れてきたわ」と微笑む。

「こんにちは、富田隆史です、よろしくお願いします」と隆史が挨拶すると、照代は怪訝な顔で

「こ、ん、にちは」と言った。

「お父様の所に行って来ましたから、お母様にも会って頂きたくて、隆史さんに来て頂きました」と堅苦しい言葉で紹介する。

「はあ……」照代は言葉を失っていた。

先日姉の照子が自分と変わらない三俣との結婚に成りそうなのに、今、妹の静香が見るからに、病気と判る男を連れて来たから、照代のショックは大きかった。

自分の子供でも惚れ惚れする程の美人の娘が何故？

「お母様、何とか言ってよ」と黙っている照代に言う。

「こんにちは、娘が世話に成っています」ようやく重い口を開くのだった。

「本店で働けるか、作業している時間に行くそうよ」

「腰が悪いのですか？」と尋ねる照代。

「はい、骨が固まる病気なのです」

「治るの？」と心配顔で尋ねる照代。

「もう八年治療していますが、これが現状です」と説明する隆史。

「お母様、隆史さんね、随分良く成っているのよ、歩けなかったのが今は歩けるでしょう、走れないけどね」と補足した。

「歩けなかったの？　随分良く成っているのですね」と照代は精一杯褒めている。

「でしょう、医学の進歩は早いから、完治の可能性もあるわ」と静香が期待を持って言う。

「完治すれば嬉しいですが、中々です」と微笑む隆史。

「彼、来週墓参りに帰るのよ、私も行くの」

大きな声で「えー、何故？」と驚く照代。

「遊びによ、関西の観光よ、京都に」

「遊びには熱心ね、照子の変わりに経理覚えてよね」

「お姉様の被害者は私ですか？」

「もう、後は静香が継ぐのよ、判った」と決めつけて言う。

「じゃあ、私の我が儘も聞いてね」

「仕事してくれたら、考えるわ」と照代も負けてはいない。

隆史は親子の会話が懐かしかった。

痛い足を摩りながら、ストレッチで背中を押しながら、狭いマンションの一室で冗談を言い合った日々を、いつ治るとも判らない腰を一生懸命押す、母絹子を………。

「どうしたの？　しんみりした顔をして」と隆史の表情を見て尋ねた。

「親子って良いなあ、と思って」

「隆史君、お母様は？」と照代が尋ねた。

「三年前に亡くなりました」

「そうだったの」

「隆史さんね、とっても素敵なお父様と二人きりなのよ」

「そうなの、寂しいわね」と言う照代。

身体は別にして母照代の印象は良かったのだ。


翌週二人は新幹線で隆史は久々の故郷に、静香は三度目の富田家に向かったのだった。

富田家のお寺で夏の朝の日差しが三人の頭上に降り注ぐ。

「絹子、今日は知らない人が来ているだろう」豊が墓石に水を掛けながら言った。

「隆史が東京で世話に成っている伊藤静香さんって云うのだよ、綺麗な人だろう、お前が急に逝ってから、もう三年が過ぎたよ」と墓石に話しかける豊。

「お母様、伊藤静香と申します、隆史さんと豊さんに仲良くさせて貰っています」と墓石に話しかける。

隆史が墓石に「お母さん、腰少し良く成ったでしょう」と三者三様に墓石に語りかけていた。

「暑いね、朝早くても日差しが強いな」

「お父さん、墓綺麗に掃除されているね」と言う隆史。

「お父さんが昨日来て掃除したのだよ」

「昨日も来たの？」と言う隆史。

「お母さんと久しぶりに話がしたかったのさ」と豊が答える。

「どの様な事話したか聞きたかったよ」と冷やかす隆史。

久々に会った親子は嬉しそうに話すのだ。

親子って良いな、静香は二人共好きだったから、隆史に付いて来たのだ。

何か理由がなければ豊に会うのが不自然だからだった。

「帰りましょうか？」

車に乗った三人は「クーラーが無いと駄目だな」と暑い車内に乗り込む。

「直ぐに冷えるよ」

「帰りに何処かで食事でもするか？」と豊が言う。

「回転寿司が良い」と隆史が言う。

「静香さん、嫌でしょう」と豊が尋ねる。

静香が「私は何でも良いですよ」と微笑む。

「そうですか？　悪いですね」そう言うと、自宅の近くの回転寿司に向かった。

帽子を脱いで店内に入ると静香を沢山の客が見て「タレント？　女優？」とかが聞こえてくる。

店員に案内されてテーブル席に、静香は回転寿司が二度目だった。

昔大学生時代に友人と来てから久々だった。

カウンターの中から板前が「何でも言って下さい」と声をかけた。

豊は適当に皿を取る。

隆史も、静香は戸惑っていた。

「じゃあ、中トロ下さい」

静香の声に廻りが、静かに成った。

何を注文するのか注目されていたのだ。

上品で綺麗なお嬢様が何を食べるのか注目の的に、東京ならそんなに目立たないが、田舎だと一際注目されるのだった。

三人は早めの昼を済ませて帰路についた。

「暑いから、昼寝だな」豊が言うと「静香さん昼寝なんか、しないですよね」と隆史が言う。

「そんなことないです、私も昼寝したいです」と微笑む。

「お父さん、昼寝してから夕方（田山）に連れてって」と強請って、一度も行った事がなかった隆史だった。

「良いですね、三人で行きましょう」静香も乗り気に成った。

「よし、六時に行くか」と言う豊。

その後自宅の居間でクーラーをかけて、三人で寝そべる姿は幸せな時だった。

綺麗な寝姿だな、美人は寝ていても美人だ。

豊は逆に眠れなくて、静香が一番長く眠っていた。

しばらくして静香が目覚めると「目が覚めましたか？」と尋ねる豊。

「お父様、私の寝顔見ていたのですか？　恥ずかしいわ」と照れ笑いの静香。

「僕も見ていましたよ」隆史が言う。

「美しい寝顔でしたよ」

「まあ、久しぶりですわ、昼寝なんて」と微笑みながら言う。

「スイカが冷えています、食べましょうか？」と豊が言うと、しばらくして、スイカを櫛形に切って持って来た。

「美味しそうですね」

「お隣に貰ったので地元産ですがね」そう言って豊が笑った。

三人は食べ始めて「美味しいですね、甘い」

「地元産もいけますね」

「甘い」

三人はスイカの種を、爪楊枝で綺麗に取って食べる静香と、豪快にかぶる隆史、種をよりながら食べる豊と、性格が出ているから面白い。

隆史さんは意外と豪快な性格なのだ。

豊さんは気が弱いのかもと、静香は二人を観察するのだ。

この時の三人が、一番幸せな時だったのかも知れなかった。

第十八話　僅かな幸せ

夜に成って（田山）に三人で現れた。

「いらっしゃい」と好子が言いながら、驚く。

白のTシャツに短パン姿の静香に紫も好子もびっくりして、髪を後ろに上げて留めているので襟足が色っぽい。

「初めてだよな、大将、息子の隆史です」そう言って紹介した。

「隆史です、父がいつもお世話に成っています」と軽く会釈をしたのだった。

二人の姿を見て、繁と好子は先日の話が本当だったと思った。

息子と静香が良い仲なのだ。

それも本当に結婚するかもしれないのだと思ったのだ。

静香と豊が生ビールを飲んで隆史はウーロン茶だ。

流石に盆休みの最中で常連客も少なく、バイトも今夜は休みで閑散としていたが、静香の来店で華やかな感じに成った。

そこに坂田がやって来た。

「いらっしゃい」好子が笑顔で迎えた。

「富田さん、今日は別嬪さんと一緒かい、その人は？」坂田は三人に会釈をした。

「息子の隆史です」と紹介した。

「隆史君か？　坂田です」

「隆史です、父がお世話に成っています」と会釈した。

「東京から盆で帰って来たのですよ」と豊が話す。

「別嬪さん連れて？」と坂田が微笑む。

「こんばんは」と静香が笑顔で挨拶をした。

「別嬪は何を着ても綺麗だね」坂田が静香の姿を改めて見て言った。

「何処かに行くのかい？」

「明日京都にでも行こうかと思っています」

「三人で？」坂田が不思議そうに尋ねる。

「いえ、私は明日から仕事で」豊が答える。

その時坂田は静香を見て、閃いた。

坂田は今年商店街の盆踊りカラオケ大会の幹事に成っていた。

何か目玉と云うか自分の立場を盛り上げる方法を考えていたが、中々アイディアが浮かばなかったのだ。

「京都は暑いよ、実は明後日盆踊り大会が有るのだけれど、来て欲しいな、別嬪さんが手伝ってくれたら盛り上がるから」と思い出した様に言った。

そして内容を説明して「商店街主催なので、私幹事で、困っているのですよ、助けて貰えませんか？」と拝むように静香に頼み込んだ。

すると豊が「絹子の浴衣が有るから参加すれば？」と薦め始めた。

「是非、着付けは美容院に頼みますよ」と坂田が半ば強引に頼み込む。

「隆史さん、どう思いますか?」と隆史に意見を聞く静香。

「お願いしたいのは、ステージで私のアシスタントして欲しいのです」と具体的に話す坂田。

「何するのですか?」と尋ねる静香。

「カラオケ大会の曲の紹介です」と坂田が説明した。

坂田は「盆踊りに成れば解散、下手なタレントさんより綺麗から助かりますよ」と微笑みながら言った。

更に安心させる様に「専門の司会いますから、簡単ですよ」と坂田は話す。

「でも恥ずかしいですね」と照れる静香。

話を聞いていて「旅の恥はかき捨て、でっせ」と繁もけしかけるのだった。

流れで、いつの間にか出演する事に成ってしまった。

ビールの勢いも有ったのかも、三人は二時間（田山）に居て「みなさんに乗せられて、大変な仕事する事に成りましたわ」と微笑みながら言う静香。

「田舎の催しだから」豊が言う。

「じゃあ、カラオケ行きますか?」静香が練習に行きたいと言う。

「行きましょう」豊も賛同する。

ほろ酔いの二人に連れられて隆史も仕方なくついて行く。

豊が「五月、に行きましょう」と言って、隆史は初めて親父の夜の姿を見たのだった。

昔、母がよく「今夜も居酒屋ね、隆史、先に食事しましょう」と言っていたのを思い出していた。

飲んで世間話をして、仕事の事を忘れて帰宅する。

そんな居酒屋での親父の姿、今までは母絹子の話しか聞いて無かったけれど、今夜は少し居酒屋での親父の気持ちが判った隆史だった。

（五月）では豊と静香のデュエット、隆史と静香も数曲歌った。

「隆史遊んでないのに、歌上手いじゃないか?」と驚く豊。

「親父、ラジオとテレビが友達だから、自然と覚えるよ、カラオケ初めてだよ、今夜」と隆史が言う。

「えー、初めてなの?」静香がびっくりして言う。

「凄いですよ、初めてでこれだけ歌えれば」さつきママが驚きの表情で言う。

今夜の豊は上機嫌で次々と飲んで酔っ払ってきた。

「お父さん飲み過ぎですね、そろそろ帰りましょうか?」と静香が心配をする。

「嬉しかったのだね」隆史がカウンターに頬を付けて眠る父を見て言った。

「でも親父が酔いつぶれる、の久々ですよ」

「私も酔っている、の見てないわ」と静香も驚く。

ママが「富田さん強いからね、でも強い人程、怖いからね、肝臓」と話す。

「そうなのですか?」と心配顔の静香。

「此処のお客さんも肝臓壊した人何人か知っているからね、気を付けないとね」とママが教える。

「お父さん帰ろう」隆史は豊を揺り起こした。

豊が顔を上げて「あっ、静香さん隆史の事、よろしくお願いします」と酔っ払い口調で言った。

「はいはい」と静香が答えると「お金払って」と財布を差し出してまた眠るのだった。

「駄目だ、こりゃ」と隆史が笑う。

しばらく寝かそうと二人は、若向きの歌を数曲歌い時間が過ぎて、豊が起きるのを待った。

突然豊が「帰ろう」と突然立ち上がって帰りだした。

二人は慌てて後を追って「静香さん、隆史を頼みます」また同じ事を、静香の手を持って言うのだ。

酔っ払うと本心が出るのだろうか?

「隆史は?」と居ない事に気がつく。

「お支払いとトイレかも」と言うと「僕も静香さんが好きですよ、隆史も静香さんが好きだ」と言うと「豊さん、私も同じですよ」と耳元で囁いたら「いけない」と豊は真顔に成るのだった。

夏の夜は日が暮れても蒸し暑さが残り、深夜に成っても気温が下がらない熱帯夜に、帰宅すると豊の服を脱がせると、そのまま寝てしまった。

「こんなに酔った父は久しぶりです、中学の頃、一度酔いつぶれて帰って、母と寝かすのに苦労しました」と笑う隆史。

隆史が「静香さん汗一杯でしょう、先にお風呂使って下さい」と言う。

「じゃあ」と静香が二階に、準備に向かった。

もう時計の針は十二時前に成っていた。

酔っぱらった経験のない隆史には判らない世界だった。

しばらくして「お先に」と言って静香がお風呂から上がった。

「明日、電車で行きましょうね」と隆史に話す。

「はい」

「おやすみなさい」そう言って階段を上がって行った。

変な雰囲気だなあ、自分の家に静香が寝ている事が不思議な感覚だった。

親父の大きな鼾を聞きながら隆史は考えるのだった。

翌朝豊は仕事に出掛けて行った。

「飲み過ぎた、調子が悪い」と言いながら右の脇腹を押さえて「肝臓が腫れたかな？」そう言って出掛けた。

今朝の料理は親父が疲れていたから、隆史が用意した。

しばらくして静香が二階から降りてきて「おはよう、お父様出掛けたの？」と尋ねた。

隆史が「飲み過ぎで具合悪そうに行きましたよ。僕が作った料理食べて、京都に行きますか？」と言った。

「今日も暑そうですね」

「先程の予報では京都35度らしいよ」

静香は「焦げそうね」そう言って笑った。

朝食を食べ始めて静香が「隆史さん料理上手いね、美味しいわよ」と褒めた。

「一人が長いので」と微笑みながら答える隆史。

「私来月姉が嫁いだら経理するのよ、来週からお姉様に教えて貰うのよ、引き継ぎも兼ねてね」

「女三代目ですね」

「違うのよ、旦那様が三代目よ」

「へーあてが有るのですか？」と尋ねる隆史は心配顔。

静香が「まあ、それなりにね」意味ありげな目で隆史を見たのだった。

今度は「明日のイベント頼まれたけれど、大丈夫かな？」と心配顔の静香。

「隣に母の浴衣と帯出してありますよ、若い時に着ていたから、古いデザインかも？」と隆史が教える。

早速静香は見に行くと「可愛い、お母様って身長は？」と尋ねる。

「高い方だったと思いますよ」

「それなら大丈夫かな？」

「親父もお袋も背が高いのに、僕は小さいのです」

「病気だからよ」

静香が浴衣の丈を身体にあてて「少しだけ短いかな？　誤魔化せるか」と言う。

「大丈夫ですよ、似合いますよ、僕は母の浴衣姿は一度も見ていませんが、明日見られますね」

静香が「隆史さんのお母さん役は困りますわ」そう言って笑うのだった。

二人は京都の清水寺、周辺に出掛けたがあまりの暑さに「もう帰りましょう」「そうしましょう」と早々に帰宅したのだった。

隆史も長時間歩くと身体が疲れる。

そして人の倍ほど汗が出るのだった。

それを見ていた静香が気に成って、帰りましょうと言ったのだ。

夜帰宅した豊は「浴衣どう？　寸法少し短いかな？　絹子も百六十四センチだったけれどね」

と言う。

「大丈夫でしたわ」今夜の豊は飲まずに帰って来ていた。

「親父、ビール？」と尋ねる隆史。

「いや、今夜は止める、一日中調子悪くて」と肝臓の部分を押さえる。

「病院に行かないと、駄目ですよ」静香が心配顔で言う。

「今夜は二人で料理作ったのだよ」

「えー、静香さんの手料理？」

「美味しいかしら」と微笑む。

「じゃあ、頂きましょうか？」と豊がテーブルの上を見る。

食卓には、麻婆なす、野菜サラダ、蛸の酢の物、春巻き、オクラと海老の生姜炒め、冷や奴が
並んでいた。

「どれが、静香さんの作品？」

「さて？　どれでしょう？」

三人の楽しい食事が始まるのだった。

第十九話　初めてのキス

静香は美容院の鏡を見ていた。

浴衣用に髪をアップにしていた。

「お綺麗ですね、色も白いし黒髪ですから、浴衣に合いますね」と美容師が褒める。

「そうかしら？　成り行きで頼まれてしまったけれど、初めてだから出来るかな？」と心配そうな静香だ。

「伊藤さんのスタイルと美貌に、見とれて判らないのでは？」と笑う美容師。

「お世辞が上手ね」

「そんな事無いです、この仕事十年していますが、伊藤さんが一番綺麗ですよ」

静香は「あら、嬉しいわ」そう言って笑うのだった。

「じゃあ、奥の間で浴衣を」と案内した。

洋服を脱いで浴衣に浴衣用の下着に着替えて、赤い牡丹の花の浴衣に赤系の帯。

しばらくすると蝶結びの帯で出来上がり、坂田が持参した下駄とバックで総てが揃って、モデルの様な静香に成った。

「可愛いい、清楚な感じですね」美容師が褒める。

「この浴衣似合いますね」と話していたら、隆史が「どうですか?」と様子を見に入って来た。

「見てあげて、綺麗でしょう」と美容師が静香を座敷の前に連れて来た。

「本当ですね、似合いますね浴衣がぴったりですね」と褒める隆史。

「そう?　似合う?」そう言って隆史の前で廻って見せた。

荷物の入った紙袋を隆史が持って美容院を出ると、店内の人達が口々に「今の男が彼氏なの?」と言う。

別の客も「信じられない」と言うのだった。

会場の控え室に行くと坂田が「おおー、綺麗だね」と艶やかな静香を見て言う。

静香を見て「ほんとに!」とみんなが声を揃えて言ったのだった。

坂田が「下手なタレント呼ぶより、伊藤さんの方が良いだろう」と自慢の様に言った。

その後、段取りの説明が有って、いよいよ会場がオープン三十人のカラオケ自慢が喉を競い合った。

観客の注目は勿論、曲と歌う人の紹介をする静香に集まった。

「あの女優さん誰？」と観客の中で声が聞こえる。

「タレントさんは？　誰」とか毎曲度に話すのが聞こえて来るのだ。

大盛況のカラオケ大会に成って、中には静香にサインを求める客まで居たからびっくりなのだ。

傍らで見守る隆史の心境は複雑だった。

遅れて帰って来た豊も、別の場所から同じ気持ちで静香を見ていた。

盛況に大会が終わって坂田からお礼の品が静香に渡された。

「後で（田山）で打ち上げするから、是非来て下さい」と坂田が静香に言った。

「関係者数人と飲みましょう」盆踊りも盛況に終わって、楽しく過ごした隆史は「僕少し疲れたし、明日からの用意も有るので先に帰ります、打ち上げ楽しんで下さい」そう言って自宅に帰っていった。


九時過ぎに、静香は豊と一緒に（田山）に来ていた。

「今夜は一段と綺麗ですね」と褒め称える豊。

「お世辞でも嬉しいですわ」と謙遜して微笑む。

好子が「お世辞ではなく、綺麗よ」と今更ながらの美しさを褒めた。

繁も「今夜は色気も有るし、最高ですが、な」と言う。

しばらくして坂田が二人の関係者を伴ってやって来て「今夜はありがとう、助かったよ、盛り上がったし、幹事としての私の株も上がりました」とお礼を言った。

生ビールで乾杯を始める人々。

「隆史さん、色々して疲れたみたいですね」と豊に静香が話した。

「沢山歩いて、運動すると、まだまだ疲れるみたいだ」

「今夜は初めての経験だったけれど、楽しかったわ」と満足そうな静香。

気持ちの張りが楽に成ったのか、その夜の静香の飲み方は早かった。

「明日からまた東京ですね？」と豊が言う。

「はい、明日から本店に行かなければ」

「ああ、お姉さんの仕事を引き継ぐのでしたね」

「はい」

「じゃあ、そろそろ、帰りましょうか？」と帰る準備を始める二人。

「そうですね、みなさん、お疲れ様でした」そう言って豊と静香は（田山）を出て行った。

お互い少し酔っていて、静香はいつもより、相当飲んでいた。

「あっ、神社ですね、お祈りしません？」と静香が道路の側の神社を指さした。

「何を」と尋ねる豊。

「隆史さんの病気が早く治りますように」

「酔っ払って、お祈りすると効果無いかも？」と笑う豊。

静香は「いいじゃあないですか、行きましょう」暗闇の神社に豊を伴って行くのだった。

豊が「大丈夫ですか？」石段でよろける静香を豊が支えて、豊も酔っていた。

ふと、三十年程前の絹子の姿を思い出していた。

浴衣の絹子の姿と静香がダブった瞬間だった。

暗闇の神社で豊は静香の肩を抱き寄せていた。

静香も豊に身を任せて、静香には初めてだった、

酔っ払った静香の脳裏に、豊の吐息と唇が絡み合っていた。

数分間のキスだった。

しばらくして「すみません」と豊かが言った。

「ありがとう」と静香が言うが、それは何に？　対してだったのだろう？

静香には初めての口づけだった。

自宅に帰った二人は、少し変に隆史には見えていたが、酔っ払いだから仕方ないかな？　と思っていた。

お風呂に入って床に着いた静香は、神社の光景が蘇って眠れなかった。

豊も何故静香に口づけをしたのか？　後悔をしていた。

絹子が居たのだ！　浴衣の絹子が居たのだと何度も念仏の様に心で語っていた。

翌朝、気まずい豊は早い時間に家を出てしまった。

しばらくして起きて来た静香に「親父今日は早出してしまいました」と隆史が言った。

「そうなの？」

「準備して、昼前には出ましょうか？」と隆史が言う。

「そうね」生返事の静香。

静香の脳裏には昨夜の事が、長く残っていた。

もう一度会ってから帰りたかったのだ。

新幹線の中でも、何かが違うと隆史は感じていた。

気まずい静香は、疲れた事を理由に眠ってしまうのだった。

翌日二人は揃って（雨月）に、隆史は仕事を見る為に本社に向かった。

静香は姉から仕事を引き継ぐ為に、隆史は少し見学して、休みながらなら仕事は出来そうだった。

隆史は静香にその様に告げて帰って行ったのだ。

自宅からは半時間程でお店には到着するから、通勤の心配は無かった。

隆史に一番嬉しいのは毎日静香に会える事だった。

もし、採用に成ったら今の出版社は辞めなければいけないから、もう後戻りは出来ないのだ。


夜に成って静香が「お父様、働きに来なさいだって」電話をかけてきた。

「そうですか？　じゃあ十月からですね」

「今の仕事の始末をしてからね、頑張って！　来月お姉様の結婚式よ」と教える。

「関西に行ってしまうのですね、お姉さん」

「お腹が大きく成る前に、簡単な式をするのだって」

「ケジメですね」

三俣の休みとデパートの休みが偶然に重なった日時が、結婚式に成っていた。

静香は結婚式に乗じて、豊にもう一度会いたいと思っていた。

あの夜の事が気に成っていたからだ。


九月に成って豊は最近調子が悪くお酒が美味しくない、疲れやすいので、時々行く内科医を尋ねていた。

そして肝臓が弱っているらしいから、薬と血液検査を受けていた。

「富田さん、飲み過ぎでしょう、お酒は控えてね」と女医に言われて、「好きだから」と微笑む。

「量を減らせば？」と女医に強く言われる。

「はい、そうします」

「二、三日で結果出るから、また来て下さい」そう言われて、病院を後にした。

数年前にも同じ様に成って、薬を一ヵ月程飲んで治っていたのだった。


照子と静香は式の二日前に大阪に来ていた。

両親は当日朝早くから来る事に成っていた。

細々とした用意は静香がして、結婚式は神社で行われた。

身内だけのささやかな式と披露宴だった。

「終わったわね」と静香がほっとした様に言った。

「静香ご苦労だったね」と母照代は静香を労った。

「私明日帰りますね」

「一緒にかえらないの？」

「今夜お友達の所に泊まるのよ」

「大阪にお友達居た？」

静香は「居ますよ、お母様が知らないだけよ」と笑って、しばらくして別れた。

「そうなの？」と不思議そうな照代。

静香は荷物を持って（田山）の店に向かった。

メールで今夜行きますと豊には伝えていた。

お酒を控えようと思っていた豊だったが（田山）に足を運んでいた。

静香もいきなり家には行くのをためらったのだ。


（田山）に入ると「いらっしゃい」と繁が言う。

「大きな荷物ね」と好子が言う。

静香は少し大きめのキャリーバッグを持ってやって来た。

「お姉様の結婚式だったのよ」

「そうなの、おめでとう」

「ありがとうございます」

「関西の人だったよね」

「そうです、大阪の方です」話していると、豊がやって来た。

「こんばんは」

「お姉さんの結婚おめでとう」

「ありがとうございます」

「関西にはいつまで？」

「明日帰ります」

「お姉さんの代わりに経理しているのでしたね」

「はい、慣れてないので」

流石に豊は何をしに来たのとは聞き難かった。

しばらく食事をして結婚式の話、来月から隆史が本店で働く話をして、外に出た今夜の豊は酒の量が少なかったと静香が思った。

「今夜は？」豊が聞くと「もう泊めて貰えないのですか？」と静香が尋ねた。

「先日の事は忘れて欲しい、あれは、酔っていたし、妻を思い出してしまって」と豊がすまないと言う顔で言う。

「そんな……」そう言いながらも足は豊の自宅に向かっていた。

「今夜は泊めますが、もう駄目ですよ、隆史の事も有りますから」と釘を刺す豊。

豊はもう一度同じ事が起こったら、自分を制止出来るか心配だったのだ。

静香は何事も無かった様に、いつもの二階の部屋に上がって、豊が「お風呂入って」と呼ぶまで降りてこなかった。

下に降りてきた静香は、夏のあの日の浴衣を羽織って来たのだった。

クリーニングから戻って置いて在ったのを着たのだ。

静香が「これなら思い出す?」帯をしないで、羽織っただけの静香の姿に「何をしているのですか?」と驚いて尋ねる豊。

「好きなのです」そう言いながら豊に抱きついたのだ。

浴衣の下は全裸だった。

浴衣の隙間に白い長い脚が、乳房の膨らみが見える。

第二十話　異なるキス

豊は戸惑っていた。

いきなり抱きつかれて、静香の乳房の膨らみが直接感じられた。

浴衣の隙間から長い白い足首が見えて、静香が口づけを求めてきた時、電話が鳴った。

「あっ、電話」と言う豊に「いいの」そう言って豊の行動を止めてしまうと、電話は五回で切れた。

「駄目？」静香が強請る様に言う。

又電話の呼び出し音に「出ます、隆史かも」そう言って静香の手を払って、それは父豊の顔に成っていた。

時々具合の悪い時に電話が有るので心配に成ったのだ。

手を振り払われた静香の浴衣の隙間から、白い身体と乳房、下着のない下半身が垣間見られた。

「親父、今日ね、病院の先生が、新しい薬を試してみないか？　と言うのだよ」と嬉しそうな隆史の声。

「……」

「今までの様に入院とか点滴の必要が無いのだって」

「……」無言の豊。

「どうしたの？　聞いているの？」と隆史が尋ねる。

「ああ」ようやく返事をした豊。

「費用も安く、慣れれば、自分で注射が出来るらしいよ、静香さんの工場を休まなくても良いかも」

「それは、良かったな、良い薬が出来てその内、治るよ」と豊も喜んだ。

二人の会話を聞いていた静香は、いつの間にか風呂に行った。

自分が豊と結ばれる事は無いと思ったから、湯船の中に頭迄大きく沈んで泣いていた。

豊も隆史の電話の最中から、自分が静香と結ばれたら、隆史は多分この世に居ないだろう。息子隆史が静香に恋い焦がれている事を知っていたから、静香の自分への愛は断ち切らねば、そして自分の静香に対する思いも、断ち切ると決めたのだ。

二人を愛していた静香も我に返っていた。

その夜、静香が豊の前に姿を見せる事は無かった。

翌朝「ごめんなさい、豊さんにお父様の愛情を感じていたみたいです」と話した。

子供の頃から父親の愛に疎遠にされていたから、豊も静香の父親への気持ちだったと決めつけて決別を決意していた。

翌日から静香は本店の経理の仕事に熱心に取り組んだ。

豊は先日の女医を訪ねていた。

「富田さん、数値悪いわよ、お酒辞めないと駄目よ」と強く言う。

「はい、それが、中々辞められなくて」とはにかむ。

「それより、この数値なら一度大きな病院に行ったら？　検査受けなさいよ、紹介状書きますよ」と言う女医。

「先日の薬で様子を見ます」と言い切る豊。

「酒、辞めないとね！」と再び命令の様に言う。

そう言われても、豊の寂しさを紛らわす術は、他には無かった。

絹子は他界、息子は難病、恋は諦めねば成らず、自然と（田山）に足が向くのだった。


翌月に成って、隆史は（雨月）の本店の横の工場に勤務する事に成った。

「隆史さん、無理しないで頑張ってね」と静香に励まされる。

「はい」

朝の隆史は早く出勤しなければ成らないが、夕方は早く仕事が終わる。

だが静香の仕事が終わるまで、和菓子の本を読むとか、商売に興味を持って、店員に色々尋ねた。

静香が仕事を終わると、仲良く二人で帰って行くのだ。

翌月に成って近くに住んでいるが、お互い一人の生活で不経済だと、静香が思い切って「私のマンションに来ない？」と隆史に言った。

「えーそんな事をしたら、首に成ってしまいますよ」と驚く隆史。

「首に成ったら駆け落ちしましょう」と笑う静香。

「生活出来ませんよ」と本気に成る。

「冗談よ、でも良いじゃない、部屋はお姉様が使っていたのが有るから」と執拗に誘う。

まだキスもしてない二人が、いきなり同棲の話をする。

微笑みながら「隆史君は静香が好きでしょう？」と尋ねる静香。

「はい」と正直に笑顔で答える。

「マンション見に来る、今から？」隆史は一度も静香のマンションには行った事が無かった。

見るだけなら、と向かったのだ。

隆史が見上げて「大きいマンションですね」と驚きながら言う。

「最上階の４ＬＤＫよ」と空を指さした。

セキュリティが完備されて、中々外部の人が入れない設計に成っていた。

十五階に部屋は有った。

「見晴らしが良いですね」エレベーターから外が見えて、爽快だ。

「夏でも涼しいよ、多少はね」

部屋に入ると、隆史のマンションとは比較に成らない広さと豪華さだった。

隆史のマンションは三階建てで、アパートと呼ぶのが相応しいのだった。

「この部屋をお姉様が使っていたのよ」と扉を開いた。

片づいて整然としていた。

「此処の部屋使えば良いのよ」

「大丈夫かな？」と不安そうだ。

「お父様も隆史君は熱心だと褒めていたわ、最初の印象とは変わったみたいよ」

「そうですか」

「私も一人で寂しいのよ、だから話し相手が欲しいのよ」

「コーヒー入れるわね」

お姉さんと一緒に住んでいて、一人に成ったから寂しいのは判るが、取り敢えず自分も男だから、静香が自分の事、男と見ているのだろうか？　心配に成ったのだ。

「今のマンションの家賃、光熱費が要らなくなるから、お父様喜ぶわよ」と話す静香。

確かに、豊には治療費と家賃の負担は大きかった。

今月から家賃は自分で払うからと先日話したのだ。

出版社とは異なり相応に給与が貰えたから、ギリギリ生活が出来るからだった。

それは静香の計らいも有っての事だ。

その時母照代から電話が「照子に女の子が生まれたみたいだよ」と嬉しそうな声。

「えー良かったわ」

「後は我が家の跡継ぎね」

「私に期待しないでよ」

「あの、身体の悪い富田君、結構仕事出来るらしいね、お父さんが褒めていたよ、あの病気遺伝するのかね?」と尋ねる。

「知らないです」

「静香が男の人を今まで一度も連れて来なかったのに、初めての人だから、私も考えたのよ」

「だって、好きに成る人いなかったから、仕方ないでしょう」

「見合いはしてくれないから、直ぐに三十歳に成るわよ」目の前に隆史が居るので静香は話がしづらいのだった。

ようやく電話が切れて「お姉様に女の子が生まれたみたいよ」と隆史に話した。

「おめでとう」

「良かったわ、結婚もしないで、子供産むから、社長夫人だから、万々歳ね」と嬉しそう。

「良かったですね」

「隆史さんは私の事どう思っている？」と突然尋ねる静香。

「仲の良い友達かな？」

「それ以上には考えないの？」と尋ねる。

「僕には、静香さんは余りにも条件が違いすぎますから、それ以上は考えない事にしています」

と言い切る隆史。

「だから、何もしないのね、こうして二人きりの部屋に居ても」と意味有りな様に聞く。

「静香さんの事は好きですよ、こうして居るだけで幸せですから」と微笑む隆史。

「身体の心配、しているの？」

「そろそろ帰らないと」そう言って立ち上がろうとする隆史の前に静香が来て「大丈夫よ、自信を持ちなさい」額にキスを軽くしたのだった。

隆史も我慢の限界だったので、静香を抱きしめてしまった。

すると静香は次に隆史の唇にキスを軽くした。

隆史は初めて静香の唇に触れた事で堰が切れた如く、荒々しく静香の唇にキスをして、唾液が絡み合う程だった。

豊の時とは異なる感覚が静香の身体を襲った。

随分長い時間の様な気がした。

隆史にはテレビかＤＶＤの世界でしか見たことの無い世界が、現実に起こったのだ。

「初めてなので、すみません」と離れると謝る隆史。

「大丈夫よ、上手よ」そう言う静香も二度目だった。

まさかお父様と始めてキスをして二度目と言えなかった。

「僕は前から大好きだったのです、でも怖かった、無くなってしまうのが」と弁解の様に言う隆史。

「無くなりませんよ、私も隆史さん好きだから」そう言うと静香はまた隆史の唇を求めていた。

静香には荒々しいキスが新鮮だった。


しばらくして隆史はマンションを後にした。

これ以上居ると一線を越えそうだったからだが、静香は期待していたのかも？

帰り道で隆史は静香との事を思い出していた。

柔らかい唇、甘い香り、隆史は床に入っても中々眠れなかった。

静香も隆史が帰ってから、思い出していた。

豊とのキスを、隆史とのキスが消し去るのを感じていた。

スイカの食べ方と一緒ね、豪快なキスだったわ、静香も眠れなかった。

（田山）で貴子が「富田さん、最近飲むの、減ったね、具合悪いの？」と心配そうに尋ねた。

「医者に酒を減らせと言われてね」と答える。

「そうなの？　今夜は暇だから、飲みに連れてってもらおうと思っていたのに」と貴子が強請る。

「そうなの？　じゃあ、行こうか」と豊が言うと「辞めた方が良いの、じゃない？」と好子が言う。

「珍しく貴ちゃんの誘いだから」そう言って二人は出て行った。

酒を少し飲むと、豊は弱かった。

急に弱く成っていた。

「もう、酔っちゃったの？」と貴子が驚いて尋ねる。

「はい、最近飲むのを減らしているから、少し飲むと酔うな」

「ふらついているよ、送ってくよ」そう言って貴子は富田を送って行った。

玄関先で別れる予定が、中庭でへたり込んでしまった豊。

仕方なく家の中に連れて入ると、すると「寂しいよ」と貴子に縋り付いて泣き出した。

「こんなに、悪酔いした？」そう思って抱き起こしたら、突然貴子に抱きついて、今度は貴子に乗りかかる様に成って、キスをしてきた。

貴子も昔から富田の事は嫌いでなかったが、今まで一度もこの様な事が無かったから、逆に貴子から求めたのだ。

その夜、貴子は帰らなかった。

寂しがる豊を、そして求める豊に「貴ちゃん」と身体を求める豊に、貴子も身体を預けてしまったのだった。

第二十一話　豊の入院

「お母様、私結婚するかも知れないわよ」デパートの売り場に用事で来た静香が、突然母照代に言った。

「突然、びっくりするじゃないの」と驚きの声に成った照代。

静香は微笑みながら「お母様には教えてあげないと駄目でしょう」と言う。

「何があったのよ、子供でも出来たの？」と恐る恐る尋ねる照代。

「まさか、私は器用ではないので」と微笑む。

「見合いでもする気に成ってくれたのかい？」

「好きな人がいるのに、見合いはしないでしょう」と微笑む静香。

「でも、静香今日は凄く機嫌が良いね」と照代が言う。

静香が「判りますか？」そう言って頬を赤らめた。

「昨日良い事が有ったのね」

「流石ね、勘が鋭いですね、お母様」と笑う。

「判るわよ、その人とキスでもしたのでしょう」と言う照代。

慌てて「違うわよ、違うわよ」打ち消しながら静香は帰ってしまった。

何故判るのよ、嫌ね、そう思いながら静香は本店に帰った。

夕方いつもの様に隆史は時間を調整して、静香を待っていた。

「帰りましょうか？」と静香が言うと「昨日の話なのですが？」と言う隆史。

「マンション変わる話？　決めた？」と嬉しそうに尋ねる。

「まだ契約が残っているから」

「取り敢えずもう少ししてからで」と断った。

「判ったわ、でも今夜は私の家で夕飯食べてね、材料買って来たのよ」母のデパートの包みを見せるのだった。

数日後、豊は調子が良く成らないので、女医の紹介の市民病院で検査を受ける事に成ったのだ。

貴子が「富田さん大丈夫？」と優しく成っていた。

あの夜から態度が一変して、憎まれ口も言わなくなっていた。

しかし検査を受けた豊は即入院に成ってしまった。

身の回りの片付けをして来週から入院に成った。

電話で「隆史、お父さん肝臓が悪くて入院に成ってしまったのだよ」と伝える。

「えー大丈夫？」と驚く隆史。

「酒の飲み過ぎだから、少し入院すれば治るよ」と簡単そうに、安心させる様に話した。

「今度の休みに帰るよ」と隆史が心配そうに言った。

「無理するな、お金もかかるから、それに今の仕事場にも迷惑掛かるから、帰らなくてもいいよ」と帰らないでも大丈夫だと言う。

だが隆史は心配に成った。

隆史は父の入院で、少しでもお金をとの思いから翌日「静香さん、マンションの件なのですが？　お願い出来ませんか？」と話した。

「契約は？」急な変化に驚く静香。

隆史は「一緒に居たくて」と喜ぶ様に言った。

声が変わって「ほんと、判ったわ、次の休みに荷物片付けに行くわ」何も知らない静香は喜ぶのだった。

静香が見ていると、隆史は荷物の片付けをしていても何か変だった。

「どうしたの？」と尋ねる静香。

「いえ別に」と隠そうとする隆史。

静香が急に「秘密にする人嫌いよ、結婚してあげないわよ」と言い出した。

「えー」初めて静香が結婚と言う言葉を発したのには隆史は驚いた。

本気で考えているのだと、思った隆史は「実は、親父が入院したのです」と静香に話した。

「えー」今度は静香が驚きの声をあげた。

「何処が悪いの？」と恐々聞く。

「肝臓らしいです」

「悪いの？」と心配顔の静香。

「父はしばらく入院すれば治るとは言っていましたがね」と言う隆史。

「早く、帰らないといけないでしょう？」

「完全看護だから、それに点滴で寝ているだけだろうから、と言っていました」

「いつから入院?」

「明日からです」

「そう、私、姉の所に行く用事が有るので、行ってきましょうか?」

「お姉さんの所に行かれるのですか?」

「お祝いを持ってね」

「じゃあ、お願い出来ますか?」静香も豊の様子を知りたかった。


数日後、二人で荷造りすると、隆史の荷物は少なくなって「宅急便で来週でも運んで貰いましょう」と静香が言った。

当面の衣服を静香の車に乗せて、隆史は静香のマンションに転居したのだった。

その夜から同棲生活が始まったのだ。

しかし、浮き浮きした気分はなく、不安だけだった。

「心配しなくても大丈夫よ、食欲が無いけれど食べないとね」

静香は「明後日から行きますから、また連絡しますから安心して」と元気付けた。

「お願いします」と頼む隆史。

「お風呂入って下さい」と勧める静香。

静香のマンションで今夜から眠る喜びと、父の病気の不安が交差する隆史だった。

しばらくしてパジャマ姿でテレビを見ていると、頭を洗ってタオルを巻いてパジャマ姿の静香が来た。

「新婚さんみたいでしょう」と微笑む静香。

「新婚ってこの様な感じかな?」と言う隆史。

「でも駄目よ、ムラムラしないでよ、出来ちゃった婚は駄目ですからね」と笑う静香。

若い二人がいつまで我慢できるのか、それは二人共判っていた。

相思相愛だったが、その夜はお互い何も無く眠ったのだ。


静香が関西に行って、豊の病院に行ったのは水曜日の午後だった。

まだ新しい病院は環境も絶好の場所に在った。

病室に行くと豊は留守で、花を持った静香の美しさは病院の中に花が咲いた様だ。

病院の中を探すと、休憩室のテレビの前に豊は居た。

静香が「こんにちは、此処にいらっしゃったの」と笑顔で挨拶をした。

「あー静香さん、わざわざお見舞いに？」と会釈をする。

「お姉様の所に来たので、隆史さんが心配していましたよ」

「まだ、検査で毎日モルモットですよ」と豊が笑う。

「この際、徹底的に治して下さい」と励ます静香。

豊は「もうまな板の鯉ですからね」そう言いながら笑った。

「花瓶有りますか？」と尋ねる。

「無いかも」

「困ったわね」

豊が「貴ちゃんがもうすぐ来るから持って来て貰うよ」そう言って電話を掛けるのだった。

あの日から貴子は二日に一度は豊の顔を見に来るのだ。

「貴子さん、よく来られますの？」と尋ねる。

「車なら十五分ですから」

「近いですね、自宅から通いたいくらいです」と笑う豊。

「また、お酒飲んじゃうでしょう」と冗談を言う静香。

「それより、隆史は役に立っていますか？」

「大丈夫ですよ、父も頑張っていると褒めていましたから、中々褒めない父ですからね」

「良かった」豊は安堵の表情に成った。

自動販売機のコーヒーを静香に出して、自分は日本茶を飲む豊だ。

しばらくして「こんにちは、静香さんじゃあ、東京からいらっしゃったの？」と貴子がやって来た。

「これで、いいかな？」と花瓶を差し出した。

「じゃあ、病室に飾ってきますね」そう言って病室に向かった。

後ろから看護師が「富田さんの身内の方でしょうか？」と声を掛けた。

「いえ、身内では有りませんが、息子さんの婚約者です」静香はその様に説明した。

「そうですか？　息子さんはいつ頃来られますか？」と看護師が尋ねた。

「はい、また聞いておきます」

そう言うと看護師は立ち去ったが、静香は花を生けながら、何か不安が胸を過ぎったのだった。

そこに貴子と富田が喋りながら病室に戻ってきた。

「わー、綺麗ですね、この花」と今活けた花を褒めたたえる。

「本当だ」と豊が言って、二人は喜んだ。

静香はこの前のお礼に貰った商店街の商品券を貴子に差し出して「これ使って下さい、何か必要な物でも買って」と言った。

それは五万円分の商品券だった。

「こんなに、いいの？」

「もらい物ですから、役に立てば、どうぞ」と微笑む。

しばらくして静香は病院を後にしたのだった。


帰りの新幹線で静香は胸騒ぎがしていた。

あの看護師の言葉が、品川に到着しても消えなかった。

マンションの明かりが見えて決心したのだ。

明るく「ただいま」と言う静香。

「おかえりなさい」と隆史が出迎えた。

帰った時に誰かに出迎えられるのは何と気持ちの良いものか、静香は二人で居る幸せを噛みしめていた。

「食事作ったけど、食べる？」と尋ねる隆史。

「食べる、食べる」と嬉しそうに言う静香。

「ビーフシチューです」

「もうそんな季節ね」

食事をしながら「親父の様子は？」と一番聞きたい事を口に出す隆史。

「元気でしたよ、毎日検査で疲れるっておっしゃっていましたよ」と明るく話した静香。

「そうなの、じゃあ元気なのだ」と安心した様に言う隆史。

「そうよ、一度帰ってみたら」

「休み貰って、一度帰ろうかな？」

「お父様に話しておきますから、日にち決めて」それ以上の話は出来なかった。

静香が「今夜から、ストレッチ手伝うから、トレーニングしましょう」と言う。

「ありがたいです、一人なら中々出来ないので」

お風呂を上がって、背中を押す静香「固いね、普通の人はこんなに固くないよ、私の触ってみて」と言われて、柔らかい静香の腰を押してみた。

静香が腰を触られて「いやよ、くすぐったいでしょう」と身体をくねらせるのだった。

シャンプーの匂いとシャボンの匂いが混ざった甘い香りがする。

香りが隆史の身体に変化を呼び込んだ。

「嫌ね」そう言って静香が隆史から離れようとしたが、隆史の唇が静香の行動を遮った。

二人は熱いキスをした。

以前とは異なる体制で、隆史が静香に被さる激しいキスを繰り返した。

隆史の手が静香の胸の膨らみをパジャマの上から触る。

「隆史駄目よ」と言う。

「何故？」と小さく尋ねる。

静香の身体にパジャマの上からでも判るほど、隆史の物は大きく成っていて、静香の身体に触れていたのだ。

男性経験のない静香には怖かったのだ。

やがてパジャマの間から直接乳房を触られて、初めての感覚に「止めて」と大声で隆史をはね除けてしまった。

腰の悪い隆史は「あっ、痛い」と横に転がってしまった。

直ぐに「ごめんね、大丈夫」と我に返った静香がすまなさそうに言うのだった。

お互い初めての経験だったからだ。

第二十二話　初めての性交

気まずい夜から三日後、隆史は病院に来ていた。

「隆史良く来てくれたな」と豊が言う。

入院当初は会社の人も見舞いに来てくれたが、最近では（田山）の親父と好子、そして馬場幸子が来たくらいで、毎日来てくれるのは貴子だけだ。

あの夜から親身に看病に来るのだった。

自分が入院すると、身内の存在がいかに大きいかが身にしみて感じる。

「どう？　具合は？」と尋ねる隆史。

「此処に居ると、自然と病人に成りそうだよ」と笑ったが室内に居るからなのか、顔色が悪く見えた。

（病院に着いたの？）静香からメールが届いた。

（今、親父と話しているよ）と返すと（看護師さんが隆史さんに話が有るらしいわ）と届いた。

何故？　今頃？　メールで？　不思議だったが、ナースＳＴに行ったのだ。

「すみません、いつもお世話に成っています、富田の息子ですが」と話しかける。

「ああ、息子さんね、少し待っていてね、先生呼んできますから」と少し年配の看護師が言いながら、先生を捜しに行った。

しばらくして診察室に招かれた隆史に、主治医は「お父さんの病状なのですが、肝臓癌です」と神妙な顔で言った。

「えー」隆史の顔色が変わって、唖然としていた。

「治るのですか？」と気を取り直して尋ねる隆史。

「色々検査をしたのですが、手術が困難な場所なのです」と言う医師。

「何とかなりませんか？」と困った顔の隆史。

医師が「薬の投与の方が体力の消耗が少ないから、宜しいかと思われます」と言う。

「手術が出来なければ、何年生きられますか？」ともう聞きたくない言葉だ。

「本人の気力と薬の効果も有りますが、半年位だと思います」

隆史の「……」言葉が消えた。

どの様な顔で病室に戻ろう？　トボトボと歩いていると「隆史君じゃないの、どうしたの？」

と貴子が近づいてきた。

「いつも、お世話に成っています」と会釈をした。

「病室に？」と尋ねる貴子。

「あの？　入院費とかは？　親父どうしていますか？」

「此処はカードが使えるから、機械で払ったのでは？」

隆史は自分にも沢山のお金が必要だったろうし、今度は親父の治療費が必要だから、蓄えが心配だった。

病室に戻った隆史は成るべく明るく振る舞った。

「親父肝臓悪いから、入院長引くと言われたよ」と笑顔で話す。

「ほんとうか、毎日暇で困っているのに」と困り顔に成る。

「重度の慢性肝炎らしい」と嘘の話をする隆史。

「肝硬変の一歩手前か」と微笑む豊。

「入院費とかどうするの？」

「保険が出るけれど、立て替えだからな」と豊が言った。

隆史は通帳とかの場所を聞いて、手続きに明日行く事にしたのだった。

自宅に戻った隆史は静香に電話で「知っていたのですか？」と尋ねた。

「何を？」と逆に尋ねる。

「親父の病気」

「知りませんでしたが、先日看護師に呼び止められたので、心配していました、病気は？」

「癌だった」とあっけなく話す隆史。

静香の「えー」で、二人の間に沈黙が続いた。

隆史の「もう、助からないらしい」その声は涙に震えていた。

病院では明るさを演じたから、静香の声に隆史の我慢が切れたのだ。

「手術は出来ないの？」と尋ねる静香。

「手術をすると体力が落ちて駄目みたいです、場所が悪くてね」と説明をした。

「……」無言の静香。

「半年だそうです」と隆史が言う。

「あ、と、は、ん、と、し」静香の噛みしめるような言葉に、たまらず隆史は電話を切って号泣したのだった。

翌日、病院に居たい、居たら怪しまれる。

自分の病気と仕事の事を看護師に話して、親父には悟られないようにお願いして、隆史は後ろ髪を引かれる思いで東京に帰って行った。


夜マンションに帰った時に、静香は電気も点けないで、部屋の片隅にぼんやりと座っていた。

それは隆史には言えない豊への愛が有ったから、親と子の二人を愛してしまった心の葛藤で今日一日を過ごしていた。

隆史の帰りを待っていたかの様に「お帰りなさい」そう言うのとキスをするのが同時だった。

静香の目は腫れ上がっていた。

隆史にしがみついて離れなかった。

隆史には自分の父でもないのに、この悲しみは？　異常な程だったのだ。

静香は朝から何も食べてなかった。

ようやく落ち着いて、夜は出前で終わった。


話会った二人が、交代で病院と富田の自宅に行く事にしたのだった。

父の三郎も照代も事情が判ったのと、隆史の仕事に対する態度と性格に、静香が好きになった事を理解していた。

月に一度それ以上行くと不思議に思うから、隆史は貴子に頼んで様子を聞く事にしていたが、貴子が不思議に思ったのは一ヵ月程経過してからだった。

豊の体力が落ちてきたからだ。

隆史は貴子に事情を説明すると、予測はしていたが、助からないと聞いて涙ぐむのだった。

しばらくしたある日、豊が「貴ちゃん、俺、癌だろう？　もう助からないのだよな」と言ったのだ。

「癌じゃないわよ、癌なら手術するでしょう、してないじゃないの」貴子にはそれだけ話すのが限界だった。

「今日は用事有るから帰るね」そう言ってその場を早く去りたく成って、とても耐えられなかったのだ。

貴子が（お父さん、感づいたみたいよ）とメールを隆史に送った。

隆史から（頑張って、内緒にお願いします）と返信が来たのだった。


その翌週静香が二度目の見舞いに病院を訪れた。

「お父様、身体の調子は？」と尋ねる静香。

「良くないよ、痩せてきたよ」と豊が話す。

「運動してないし、食べてないから仕方ないですよ」と説明する静香。

「隆史は仕事上手くしていますか？」

「はい、最近は製造だけではなく、販売の方にも活躍していますよ」

「えー、隆史にその様な能力が有ったのですね」

「腰も少しは良く成った様に思いますよ」

「そうですか」と嬉しそう。

「ストレッチも毎日していますから、私もお手伝いしていますよ」

「会社で？　ですか？」と驚く様に言った。

「はー、はい」と慌てて答える静香。

一緒に住んでいるとも言えなかったからだ。

豊が「僕が居なくなると、隆史が一人に成るのが、一番心配なのですよ、天涯孤独であの身体だから、でもよく（雨月）で雇って頂いて、きちんと人並みの給料を貰っているから、治療費も自分で払って家賃も払える。静香さんには感謝しています、後は隆史を傷つけないで下さいね、結婚されても可愛がって下さい」と頼む様に言う。

豊はやがて静香が誰かと結婚して隆史から離れる。

その時までに何とか、精神的にも大人になってもらいたいと願っていた。

豊は疲れるのか、少し眠ると言って眠ってしまったのだった。

しばらくして自宅に行った静香は、雨戸を開けて空気を入れ換えたり、掃除をしたり、庭の草をむしって、夕方また病院に行った。

「昼間はすみません、眠ってしまって」と謝る豊。

「いえいえ、疲れてらっしゃるのね」

「肝臓は長引くのですかね？」と尋ねる。

「もうすぐ、良く成りますよ」と励ます静香。

「僕たち夫婦はお互い若死にだったのですね、運がない家族ですね、子供が高校生に成ってようやく楽が出来ると思っていた矢先の難病で、絹子も私も苦労が終わる時が無かった。絹子は看病と東京との二重生活に疲れて亡くなってしまって、私の酒の量も増えたのですよ。そして今私が病気で、こんな不幸な家族が世の中に居るのでしょうか？」と嘆く様に言う。

「悲観なさらないで、治りますから、豊さんも、隆史さんも」と励ます静香。

「慰めて頂いてありがとうございます、でも自分の身体ですから判ります、もう長くは無い気がしていますよ」と言う豊。

「そう言わずに、元気を出して下さい」とは言ったが、先月に比べて見るからに体力が落ちていた。

また少し眠ると言って眠ってしまうのだった。

翌日も静香は病院に行ったが、豊は隆史の心配を念仏の様に言うだけだった。

静香も豊がもう長くは無いのを、感じずにはいられなかった。

静香が帰ると「親父どうだった？」と隆史が聞く。

「元気だったわ、薬が効果を現しているのでしょうかね」と言うしかなかった。

その夜静香は眠りにつけなかった。

「隆史、起きている？」そう言って隆史の部屋に入ってきた。

豊の念仏の様な言葉が耳から離れなかったのだった。

「どうしたの？」と尋ねる隆史。

蹴り飛ばされてから、キスより進展していなかった二人だったが、寝返りをうって薄明かりに見えたのは、全裸の静香の姿だった。

静香は突然「抱いて、忘れさせて」そう言いながら隆史のベッドに潜り込んできた。

隆史が「あ……」と言う唇に静香の唇が、舌が絡み合って、そして隆史のパジャマを脱がして、二人は初めて全裸で抱き合った。

静香の乳房の暖かさが隆史の胸に触れ、二人は興奮していた。

薄明かりに見える静香の乳房は張りが有って美しい、隆史が乳房を揉む「あっー」と嗚咽を発する静香。

今度は乳首に唇が、初めての感覚に仰け反る静香「あーあー」と声が出る。

隆史の手が静香の陰部に、隆史にはビデオの世界の様にする事を心がけていた。

指が静香の陰毛をかき分けて、一番敏感な部分を撫でる。

「あぁー、良いわ」と言う静香。

静香の股間からの愛液が隆史の指に絡みつく「入れて、お願い」と甘えた声。

やがて大きく硬い物が静香の陰部に挿入されて、仰け反りながら「あっー痛ー」静香が一瞬声を発したのだ。

お互い初めてで、結ばれたのだった。

第二十三話　豊の気持ち

翌朝、静香は早起きしていた。

部屋中に味噌汁の匂いが漂っていた。

静香が「おはよう」隆史を起こしに来ていた。

眠っている隆史の顔に顔を近づけると、急に目を開けて静香の唇に軽くキスをした。

静香は「意地悪ね」と言う。

隆史は眠ったふりをしていたのだ。

「おはよう」隆史が笑った。

「ご飯、食べましょう」と静香が微笑む。

今朝は本当の新婚の様な雰囲気が二人を包んでいた。

テーブルには卵焼き、鰺の干物、海苔の佃煮、サラダ、味噌汁が並んでいて、早起きして静香が作ったのだ。

好きな人が出来たら身も心も捧げるのと考えていた様に、その日から静香は大きく変わっていた。

早速食べ始める隆史が「美味しいね」と言った。

静香は「そう、ありがとう」朝の食卓に二人の笑顔と会話が有った。

しばらくして「お母様、私、隆史さんと結婚しますからね」といきなり電話を掛けて、びっくりさせていた。

照代もそれで良かったと思っていた。

隆史を照代は気に入っていたから、心配だったのは隆史の身体の事だけだった。

所謂男として大丈夫なのかが、心配だったが今朝の娘の電話はその不安を払拭したのだった。

二人は名実ともに夫婦に成ったのだと悟った。

前から一緒に住んでいるのは大体判っていたから、とにかく良かったと安堵の表情に成っていた。


その日静香は仕事を早く終わって、マンションに帰っていた。

仕事を午前中に終わって、隆史が帰宅すると、隆史の部屋が二人の寝室に模様替えされた。

タンスの場所も変わってベッドが二つ並んで居た。

隆史が帰って「良いでしょう、便利屋さんに来て貰ったのよ」と嬉しそうに言うのだ。

小ぶりのダブルベッドが二つ並んでいるから、大きなベッドルームに「今夜から仲良く寝ましょう」そう言って甘えた仕草をするのだった。

「お風呂も沸いているわよ」と静香が薦める。

隆史が「じゃあ、先にお風呂に入るよ」風呂場に向かうと、静香も付いて来た。

それを見て「どうしたの?」と隆史が聞くと「一緒に入って、身体洗ってあげるわ」と甘えた仕草。

隆史が「えー恥ずかしいなあ」と照れ笑いをした。

静香は「この風呂大きいから二人で入れるから」隆史の後から恥じらいながら入って来た。

明るい所で静香の全裸を見るのは初めてだった。

服を脱いだらもっと綺麗で、今、目の前の遙かに美しい裸体だ。

肌の色は透き通るほど白く、胸の膨らみも大きく白桃の様な乳房に小さな乳首。

そして腰はくびれて、白い下腹部には黒い陰毛が形良く見える。

長い白い足、ネットで時々見ていた女性の画像とは、比較できない美しさだった。

「そんなにジロジロ見ないでよ、恥ずかしいじゃない」と恥ずかしそうに手で隠す。

隆史が「静香さん美しすぎますよ」と微笑む。

「誰と比べているの？」不思議そうに言う。

「テレビとかビデオの女性です」と答える隆史。

「貴方しか見ないわ、これからも」そう言いながら、恥ずかしそうな素振りを見せた。

静香は隆史の背中を洗いながら「此処が変よね」と背中の部分を触って言った。

隆史も静香も初めて異性と風呂に入ったのだった。

「僕が髪を洗ってあげるよ」そう言って静香の髪を今度は隆史が洗っていた。

風呂からあがると髪までドライヤーで乾かして、静香は幸せを感じて、優しいわ、ラブラブの二人だった。

バスローブ姿の隆史を「食事も作ったのよ」と食卓に案内した。

隆史がテーブルを見て「凄い料理ですね、静香さんが？」と尋ねる。

「刺身は作らないわよ」と微笑む。

「早速頂きましょう」

「お酒も飲む練習に、梅酒買ってきたわ」と小さな瓶を冷蔵庫から取り出してきた。

「梅酒ですか？」

「食前酒に良いのよ」そう言ってグラスに注いだ。

隆史は一口飲んで「梅酒飲めますね」と微笑む。

「美味しい？」と尋ねる静香。

「はい、何杯でも飲めそうです」と笑ってグラスを差し出した。

「酔いますよ」そう言いながら静香はもうビールを飲んでいた。

お互いの囲いが解き離れて、伸び伸びとした二人に成っていた。

隆史が食べ始めて「料理も上手ですね」と絶賛した。

「一応花嫁修業はしましたからね」と微笑む。

「何年も？」と言って笑った。

静香が恥ずかしそうに「旦那様が居なかったので、修行が出来なかったのよ」と意味深な言葉。

「何が？」と不思議な顔の隆史。

静香は「あのね、キスとか色々」そう言って頬が赤くなっていた。

「顔赤いですよ」と隆史が冷やかす。

静香がはぐらかす様に「お酒よ」食事が進む二人だった。

その夜から、二人は仲良くベッドを合わせて眠った。

両方のベッドが使われる事が少なかったのだ。


半月後、隆史が病院を訪れていた。

貴子が居て「今、薬で眠っているわ」と小さな声で話す。

貴子が「この頃痛いらしいの、だから眠れる時に寝かさないとね」そう言いながら、休憩室に二人で向かった。

山岡貴子は実家に子供一人と住んでいた。

一度結婚したのだけれど、夫の浮気が原因で離婚していた。

何故か豊が入院してからは、毎日の様に来て親身に成って世話をしていた。

「豊さん、もう短いのじゃ」と心配そうに貴子が言う。

隆史が「余命半年と言われていたのですよ」と話す。

貴子は「やはりね、最近痩せてきたし、食欲も減ったから、話す事は貴方の心配だけよ」と話す。

「親一人子一人ですからね、それにこの身体だから、心配なのでしょう」と答える隆史。

「帰れないの、東京から」と尋ねる貴子。

「僕の身体で今の給料貰える所無いし、帰れば補助が無くなるから、治療費払えません」と答える隆史。

貴子が「大変ね、お父さん亡くなったら今の家どうするの？　売るの？」と心配をする。

「後十年は治療必要だと思うし、売るしか方法無いかな？　家って住んでないと直ぐに老朽化してしまうからな」と話す隆史。

「あの……」貴子は何かを言いかけて止めた。


しばらくして病室に行くと豊が目覚めていた。

先月より痩せこけているから、目だけがギラついて異様だった。

貴子は毎日見ているから感じてなかったのだ。

「親父調子は？」と顔を近づけて尋ねる。

「隆史か、お前は元気になったな」と隆史の様子を見て言った。

隆史は「そうなの、仕事が楽しいからかな？」と答える。

「良かったな、良い所に就職出来て、静香さんには感謝しないといけないよ」と小さな声で話す。

「勿論だよ」

「男は諦めが肝心だからな、それ以上は望むなよ、お父さんは隆史だけが心配なのだよ」と心配顔の豊。

「判っているよ」と答えるが、本当は一緒に生活していると言いたかった。

でもびっくりすると身体に悪いのと、まだ静香の両親から正式に結婚の話が出た訳でも無かったから、言えなかった。

「お父さんは、絹子の所に行く日が近い気がしているのだ、その時は二人で隆史を応援するからな、決して一人ぼっちじゃないからな」豊は泣きながら言うのだった。

隆史も攣られて泣いていた。

病室の外で貴子のすすり泣く声が聞こえた。

豊はまた、疲れたと言って目を閉じてしまった。

豊の閉じた瞼から涙が頬に伝って流れ落ちていた。

病室を出て「もう、親父は自分が癌で余命が幾日も無い事、知っていますね」と隆史が貴子に話した。

「多分随分前から知っていたと思いますよ」貴子がハンカチで目を拭きながら言った。

「山岡さんには、何と言って良いか判らない程、お世話に成っていますが、今後ともよろしくお願いします」そう言って、お金の包みを渡したのだった。

静香も見舞いの時に渡していた。

それは彼女以外に父の世話をしてくれる人が居なかったから、隆史も二人の関係がよく判らなかった。


しばらくして、病室に戻って目覚めた豊に「親父、もう一度、一緒に居酒屋に行こうよ（田山）に、俺、梅酒は飲めるから、付き合うよ」と微笑みながら話す。

豊が「飲めるのか？　（田山）行きたいな」と懐かしそうに言うと「早く元気に成って行きましょうよ」と貴子が笑うのだった。

勿論苦労した作り笑いだった。

「隆史！　今の家、山岡さんに住んで貰いなさい」豊が不意に言った。

「えー」と貴子と隆史が驚き顔で同時に言う。

「隆史！　十年はまだ治療が必要だろう？　仕事も東京だから、家無くなるとお母さんが悲しむよ」と寂しそうに話す。

母絹子が自分の父親から貰った家だった。

遺産相続で兄は土地を数カ所貰い、母絹子は家と土地を貰ったのだった。

結婚当初は豊の会社の寮に暮らしていたが、今の自宅に引っ越したのだ。

父も心臓病で早く亡くなって、絹子と兄も心臓で、絹子が一番若死にだった。

「何故？　私が住むの？」貴子が怪訝な顔で聞く。

「何も言わないで、住んで欲しい、隆史が帰って来たら、その時に考えれば良いじゃないか、俺の墓も頼みたいから」と話しだす豊。

貴子はもう耐えられないで「えー、私はそんな事出来ないし、富田さん死なないし」と泣きだしたのだ。

隆史も「誰かに住んで貰った方が家は長持ちするからね、お父さん、親も兄弟も居ないし、売るとお母さん悲しむし、それが良いね」と答える。

泣きながら「困るわ、困るわ」貴子は繰り返し言うのだった。

それは口に出せない豊の気持ちだった。

隆史は不思議だった。

少しは理解出来たが、何故、山岡さんに家を貸し与えるのか？

その後、隆史は東京に帰る新幹線で考えていたが判らない。

病院で親身に世話をしてくれたから？　何か判らない事だった。

豊は貴子の秘密を知っていた。

貴子の悩みを、知っていたから、申し出たのかも知れなかった。

でも豊にははっきりと口に出せない事だった。

自分の命の灯火が消えそうだから言えないと、豊は一人に成ってから、号泣するのだった。

それは無念な気持ちと後悔なのだ。

第二十四話　結婚の許し

「只今」夜マンションに帰った隆史を、静香は大袈裟な表情で出迎えた。

「隆史が居ない家は寂しくて、寂しくて、耐えられなかったわ」そう言って抱きついてキスをするのだ。

落ち着くと「お疲れ様、お父様どうだった？」と静香が尋ねた。

「痩せていたな、時々痛いらしい、医者の話では、もうすぐ痛み止めが効果無くなる程痛いらしい」と悲痛な話をした。

静香は顔色を変えて「まあ、恐いわ、可哀想ね、大丈夫かしら」と心配に成る。

「僕達にはどうする事も出来ない、唯、貴子さんが親身に親父の世話をしてくれるので助かるよ」と話す。

静香が「お礼をもっと、お支払いしなければいけないのでは？」と考えながら言った。

隆史が「そうなのだけれど、不思議な事が有ったのだ」と首を傾げた。

静香も「どんな？」そう言って隆史の着替えを手伝っていた。

「お風呂入るわよね」と尋ねる静香。

隆史が「うん」と答えて、あの日から二人が居る時は毎晩一緒に入るのだ。

しばらくして浴槽で「話の続きだけれど、親父が山岡さんに、自宅に住んで欲しいと言ったのだ」と隆史が話し出した。

「山岡さんの家庭環境知らないけれど」

「離婚して、子供一人で実家に戻って一緒に暮らしているらしいよ」

「それなら、家欲しいわね」隆史の背中を洗いながら言った。

隆史が「不思議だろう、でも自分の墓守まで頼んでいたよ」と話す。

静香は自分を好きだった豊が、山岡と恋愛していたとは考えられなかった。

隆史が静香の身体を洗うと「いや、くすぐったいわ」三日会ってないと新鮮に思える静香だった。

湯船に浸かって、隆史が「やっぱり、何か有るよ」そう言ってから立ち上がった。

それを見て「立派」と静香が小さく言った。

新婚そのものの二人だった。


あの日酔っ払って貴子と一夜を過ごした事が、豊を苦しめていた。

もうすぐ死ぬ自分の子供を産んでくれとは言えない。

貴子も身ごもった事に驚きと後悔、そして哀れみと複雑な気持ちだった。

何故家に住んで欲しいとか墓を守ってとか言い出したのか？

富田さんは知っているのかも？

貴子は哀しいけれど子供は堕胎しか方法は無いと考えていたが、中々豊の顔を見ると決心が出来なかったのだ。

富田の事が好きに成っていたのも、決心を鈍らせてしまった。

そうだ知っているのだわ、言えない辛さが、あの話に成ったのだと貴子は理解した。

翌日病院に行った貴子は「あの家に住むわよ、安心して、お墓もね」と言った。

「ありがとう」と貴子の手を握りしめて大粒の涙をながして、泣いたのだ。

やはり知っていたのだと確信する貴子だった。


その日の夜（田山）に貴子の声が弾んでいた。

「今夜は久々に元気な貴ちゃんだね」と坂田が言うと「沢山養わないといけないからね」と張り切りの声。

「子供、私立でも学ばすのかい、高いからね、一杯飲むかい？」とビール瓶を差し出した。

貴子が微笑みながら「私、お酒絶ったの」と言った。

「えー、酒大好き人間なのに」と坂田がからかう。

貴子は「富田さんの回復を願ってね」と言った。

坂田が「もう、駄目なのでは？　聞いたよ」と言う。

貴子は急に「そんな事、無いわよー」と大きな声で言って、泣きながらトイレに駆け込んでしまった。

坂田はびっくりした顔をして好子に「どうしたの？」と言った。

好子が「息子さんに頼まれて、富田さんの世話をしているからじゃない」と答えた。

「そうか、昼間のパートも休んでいるからな」と繁が教える。

「じゃあ、そこそこ、貰っているのだな」と坂田が言う。

「でも、あの身体で稼げる仕事は無いと思うけれどね」と好子が言った。

坂田が「ところで、最近あの美人さん来ないね」と静香の事を尋ねる。

繁が「人捜しも終わったから、田舎には用事はないだろう」と言う。

いつの間にかトイレから貴子が出て来て「そんな事ないわよ、あんな良い人居ないわよ」と強く言う。

「貴ちゃん、伊藤さんと交流有るの？」と坂田が尋ねる。

貴子が「大有りよ」と強く言った。

「へー、判らないね、世の中」と坂田が驚く。

「叔父さんには判らない事だらけよ」と言う。

貴子は総て喋りたかったが、我慢も大変だと思っていた。

そこに増田と馬場幸子が連れ立って入って来た。

「いらっしゃい」

「いらっしゃい」と口々に言う。

増田が最近は幸子にご執心で、貴子にはお呼びがなかった。

それが良かったと、もう増田とは縁を切りたかったから、これからは新しい命と頑張るよと決めていた。

「富田さん具合は？」と幸子が尋ねた。

「少し痩せてきたかなあ、でも元気よ」と精一杯の嘘を言う。

「癌でしょう？」と幸子に聞かれて「……」返事に困る貴子。

もう此処の客全員が癌と決めつけて、三月迄は持たないと話していたのだった。

貴子は一度も話してないのに噂は怖いのだった。


デパートの店を尋ねた静香に「あの子が考案した、和菓子人気だよ」と照代が言った。

静香が「えー隆史さんのアイデアのが、売れているの？」と驚いて尋ねた。

「久々のヒット商品だよ、デパートで売れたら広がるからね」と嬉しそうに言った。

「良かった、隆史さんも喜ぶわ」

「静香、鉱脈を当てたかもかも、知れないね」照代は嬉しそうに話す。

静香は「えー、一品だけで、大袈裟よ」と笑う。

「知らないのかい、これシリーズだよ、(雨月)の新しい、和菓子だよ」と教える照代。

春夏秋冬の甘さを抑えた洋菓子風の和菓子だった。

「今は冬バージョンだけなのだけれどね」

隆史が工場の仲間数人と意見を出し合って創り出したらしく、隆史は一度もそんな話は静香にはしていなかった。

「私知らなかったわ」と不思議そうな顔。

「そうでしょう、お母さんも工場の職人から聞いて知ったのよ」

「そうなの？」

「アイデアの殆どはあの子が出したらしいけど、職人達の成果として報告していたのね」

静香が「やっぱり、いい人ね」と嬉しそうに言う。

「お父さんも感心していたわよ」

「私には何も言わない、お父様も、隆史さんも」と不満な顔。

照代が「静香が天狗に成るからよ」そう言って笑った。

「そろそろ、結婚してもいい？」と甘えた様に言う静香。

「お父さんの具合良くないのでしょう」

「だから、結婚式見せてあげたいのよ」

「今から準備しても、日にち掛かるわよ」

「じゃあ、良いのね、結婚しても」と明るく話す。

「ああ、良いよ、段取りは私と父さんでするからね」

「はい、お願いします」静香は満面の笑みで照代に抱きついたのだった。


その夜、お風呂で「今日は嬉しそうですね」と隆史が言うと「そうよ、何だと思う？」湯船に浸かりながら「判らない」そう言いながら静香の乳首に触れた。

静香が「いや、感じるから」と身をくねらせる。

「あのね、私達の結婚を許してくれたのよ」

「えー本当ですか？」と今度は隆史が大きな声を出した。

「本当よ、両親で式の段取り決めるって」

隆史は「わー嬉しいなあ」と喜び一杯の顔に成った。

静香が「でしょう……」と言う間に隆史の唇が静香の言葉を遮っていた。

長いキスから二人の長い夜が始まった。

喜びに溢れていた。


翌日夜、貴子が電話で「先日の家に住む話ですが、お受けしようと思います」と言って来た。

「そうですか」と答える隆史は複雑だ。

貴子が「今すぐは無理ですが、後日に」と話して、その意味は判った。

父が亡くなってからと云う事だったが、それは言えない貴子だった。

隆史はもしかして、親父は山岡さんと恋愛関係にあったのかも？　と考えていた。


翌月、静香が見舞いに来た。

豊は一段と痩せて、昔の面影が無くなって、点滴の栄養で生きている感じだった。

静香が「いかがですか？」と問いかけてもしばらくしてから「痛いから、困ります」と返事が返る。

意味不明の答え、衰弱が激しいのだ。

しばらくして貴子がやって来て「こんにちは、何だかまた一段と綺麗に成られた様な」と静香を見て言う。

「そんな事、有りませんわ」と謙遜する静香。

貴子に「嫌、色気が有りますよ」そう言われて、隆史との夜を思い出して苦笑していたら「思い出し笑いを」していた。

「いえ、あれまた眠ってしまいましたね」と静香が豊を見て言う。

貴子が「最近は寝たり起きたりですね」と答えると、静香が「いつもすみません」そう言ってお礼の包みを貴子に渡した。

「痛み止めの作用で眠るみたいですね」

「いつも、頭が、ぼやー、としているのでしょうね」

貴子が「少し調子が良い時は、隆史が一人に成ってしまう、と言うので、身体の悪い子供が心配なのですね」と話す。

「そうですか?」

「天涯孤独だとか言って、よく泣いているわ」と辛そうに話す。

「自分も随分痛いのでしょうね」

貴子が「薬が効かなく成るらしいので怖いです」と話す。

「来月で半年ですね」しばらくして豊が目を開けて「静香さん」と、か細い声で言う。

「お父さん、大丈夫ですか?」問いかける静香。

豊が「隆史は、隆史は元気ですか?」と元気の無い声で尋ねる。

「元気で仕事していますよ」

「腰は大丈夫ですか?」と尋ねる豊。

「はい、大丈夫ですよ」

「後十年も東京暮らしか」と天井を見上げて言う豊。

静香が「治りますよ、医学も進んでいすから」と慰める。

「隆史は一人で大丈夫でしょうか？」と同じ様な事を喋る豊。

静香が「大丈夫ですよ」そう言うと、また眠ってしまった。

静香も豊の死の近い事を感じていた。

第二十五話　命の灯火

隆史と静香の結婚式はどんなに急いでも、豊の命の消えるのには間に合わない感じがしていた。

父と母は結婚を許してくれたが、式場、招待客、日取りを考える照代も、静香から豊の病状の報告を聞いて、照代は結婚式を遅らせるしか方法が無いと思っていた。

静香は世の中の矛盾を感じていた。

余命の無い親子が一緒に住めない、もし日本国内同じ制度が有れば、隆史さんは東京には来てない。

まあその時は自分達の出会いは無かったのだが、あの家族はこんな不幸を背負い込まずに、病院にも早く行っただろう。

豊さんもお酒の量も増えずに、自粛しただろうし、家族が居たら、自分の病気を早く発見しただろう。

静香の脳裏に、次々と若しもの言葉が走馬燈のように巡っていた。


もういつでも関西に行ける状態で、二人は覚悟をした体制で日々を過ごしていた。

翌月、その豊は痛み止めとの戦いに成っていったのだ。

貴子も見るのが忍びない状態に成る時も有り、豊の病状は危機を迎えるのだった。

「もう駄目みたい」との貴子の電話に、隆史が仕事を休んで急いで病院に行ったが、持ち直して危機を脱したのだった。

隆史が「親父の頑張りは凄いね」と貴子に話す。

「そうですね」

眠る豊を見て「痛いでしょうに」と貴子と隆史は感心していた。


しばらくして静香は体調の変化を感じていた。

隆史の子供を妊っていたのだ。

静香は嬉しくて直ぐにでも隆史に話したかったが、豊の病状を考えると言い出せなかった。

そんな時、病院から危篤の連絡が着て、隆史は丁度手が離せない仕事が有った。

それも春の新作で、隆史考案のシリーズが発表の当日だった。

静香は「私が先に行きます、終わったら直ぐに来て下さい」と言うと身支度をした。

隆史が「お願いします、急いで僕も行くから、頼みます」そう言い合って、静香が先に関西に向かった。

今回はもう駄目だろうと心で思っていても、何とか隆史さんが到着する迄、豊さん待ってあげてと祈らずにはいれない静香だ。

静香が病室に入ると、不思議に豊ひとりの個室の病室には誰も居なくて、貴子も見かけない、来て居ないのかな？　と不思議に成る。

酸素マスクを付けて意識の無い感じで横たわる豊を見てから、病状を聞く為にナースＳＴに向かった。

静香はナースＳＴの看護師が、もう今日が峠でしょうと言う言葉を聞いて、病室に戻った。

静香は豊の痩せこけた顔を見て「もう少し頑張って、隆史さんが来るまで」と呼びかけていた。

豊の心配は隆史が一人ぼっちに成る事、それが最後まで気掛かりだった。

そんな意識のない豊の手を、静香は握った。

細くなって、血管が浮き出ていた。

静香が「大丈夫よ、隆史さんは一人じゃないからね、私のお腹には貴方の孫も居るのよ、安心して」と耳元で語り掛けると、豊はその言葉が判ったのか、静香の手を握る力が強く成ったのだ。

そして豊の閉じた瞼から、涙がこぼれ落ちたのだ。

「豊さん、判ったのね」静香が問いかける。

持った手に力が入って、判っているのだと静香は確信したのだ。

静香の頬を一筋、二筋と涙が頬を伝う。

すると豊の頬にも涙が一筋伝って、そして握っていた手の力が抜けた。

「あっ」静香が叫んで、緊急ボタンで医者と看護師が駆けつけたが、既に豊は息を引き取っていた。

形振り構わず「豊さんー」と静香は号泣するのだった。

部屋の外からも泣きじゃくる声がしている、貴子だった。

耐えられなかったのだ。

豊が亡くなる時に居たくなかったのだった。

貴子は外から病室の様子を見ていたのだ。

しばらくして走れない隆史が走って、汗を拭きながら病室に来た。

ベットの無言の豊を見て「親父ー、間に合わなかった、ごめんよー」と亡骸にしがみつきながら号泣した。

静香には耐えられない光景だった。

親一人子一人の別れの辛さを目の当たりに、病室を出て貴子と肩を抱き合って泣いていた。

「もう一度、静香と三人で(田山)に行きたかったね、親父！」そう言いながら、語りかけていた。

しばらくして泣き声が静かに成って、赤く腫れた目で豊から離れた。

しばらくして、隆史が枕元のベッドの下に、三通の手紙が忍ばせて有ったのを見つけた。

それは静香、隆史、貴子宛に成っていた。

隆史はそれぞれに渡して、自分の手紙を読んでいた。

もう体調が悪く成ってから書いたのだろう、誤字、脱字、美しくない文字で綴られていた。

もうすぐ、自分は死ぬけれど、お母さんと天国で会える。

そうしたら隆史を二人で応援するから、頑張って生きて欲しい。
隆史を不自由な身体で産んだ母さんを叱っておくよ、
でも二人で隆史を支えるからな、頑張って生きろ！　決して一人じゃ無いから！　頑張れ！
静香さんを好きなのは判るが、決して高望みはしない様に、今でも充分過ぎる好意で支えてくれているから、失望はしないで、
一人前の菓子職人に成って恩返しをして欲しいと書かれていた。

最後の静香の話を知らない豊は隆史が、静香の事を思い詰めない様に心配していたのだった。

文の終わりに、意外な事が書いて有った。

もしかして奇跡が起こって、静香さんと隆史が結ばれる事が有れば、富田の家は貴ちゃんの気持ち次第だが、貴ちゃんの子供に継いで貰って欲しいと書かれていた。

隆史は初めて、山岡さんが家に住む意味が理解出来たのだった。

親父に子供が出来たのだと理解をした。


貴子の手紙には、ごめんなさい、ごめんなさいの文字が何度も書かれていた。

そしてこの半年の献身的な世話に対するお礼と、自分が貴子をいつの間にか愛している事が

書かれていた。

子供は自分の意志で総てを決めて欲しいと結んであった。

それは苦労を掛けるが産む決心をしていた貴子に対するお詫びの気持ちと、貴子に対する愛情の言葉で綴られていた。

手紙を読んだ貴子が泣き崩れるのが痛々しかった。


静香の手紙には隆史には見せられない事が書かれていた。

あの時、本当は静香さんの事は好きだった。

抱きしめたかった！　でもこれで良かったのです。

そして哀れみと労りの気持ちで、隆史と一緒に成らないで欲しいと、充分過ぎる親切に感謝の言葉が一杯だった。

最後まで静香さんが犠牲に成るような結婚は、しないで欲しいと書いて有った。

静香は豊が最後に、自分の言葉を理解して亡くなった事に安堵していた。

隆史さんと一緒に幸せに成りますと心で豊に語りかけていた。


貴子は手紙を読む前から既に子供を産む事を決めていた。

既に少し大きく成ったお腹を、もう隠す必要が……。

豊がそれを知っていたと改めて、手紙を読んで自分の決断が正しかったと実感していた。

葬儀は身内だけの家族葬で行われて、数十人の参列、（田山）の飲み仲間、会社の関係者、東京から静香の両親、三俣夫婦が参列していた。

遺影は（田山）で旨そうな顔で居る豊が飾られていた。

挨拶で隆史は「一度しか見ていませんが、居酒屋で飲む親父の姿が一番似合っていて好きでした」と挨拶したのだ。


貴子は豊の家に子供と引っ越して住んだ。

貴子の生活費の援助は隆史がしていた。

貴子が安心して子供が産める様に、様々な支援をするのだった。


豊の喪が明けて直ぐに、少し大きくなりかけたお腹を隠すように、隆史と静香の結婚式が行われて、伊藤隆史に成っていた。

列席のみんなの目が、静香の美しさと隆史の体型のアンバランスに驚きを見せた。

静香が「私には世界で一番素敵な旦那様です」と言ったら「世界で一番美しい心の女性です」と隆史が付け加えて、拍手喝采を浴びたのだった。

隆史も自分の様な不細工な体型で病気の男を好きに成ってくれる女性は、静香以外居ない事を知っていた。

一生涯大切な女性だと、静香も最高に心の綺麗な男性だと思っていた。


そして数ヶ月後貴子の子供は、男の子で富田剛士と名付けられて、富田の家を継いだ。

しばらく遅れて静香も元気な男の子を出産して、伊藤基と名付けられ、伊藤家の待望の跡継ぎに成った。


しばらくして大安吉日の好天の朝、（雨月）本店の前に子供を抱いて和服に着飾った艶やかな静香と、少し腰が曲がった隆史が、着飾って三郎と照代を待っていた。

「お父様、お母様、遅いわ」静香の晴れやかな笑顔、お宮参りに家族で行くのだ。

今、幸せを噛みしめる隆史と静香だった。

完
2014・06・01

杉山　実（すぎやま みのる）

兵庫県在住。

この物語はフィクションであり、実在の人物・団体とは一切関係ありません。

居酒屋の親父

2016年８月10日初版第１刷発行
2020年９月４日初版第２刷発行

著　者　杉山　実

発行所　ブックウェイ
〒670-0933　姫路市平野町62
TEL.079（222）5372　FAX.079（244）1482
https://bookway.jp

印刷所　小野高速印刷株式会社

ISBN978-4-86584-174-9